SHORT CLASSICS
短经典精选

THE MAGIC BARREL
———————— Bernard Malamud ————————

魔 桶

〔美〕伯纳德·马拉默德 著 吕俊 译

著作权合同登记　图字 01-2021-3682

Bernard Malamud
THE MAGIC BARREL

Copyright © 1958 by Bernard Malamud
Published in agreement with Russel & Volkening, Inc, a subsidiary of Massie & McQuilkin Literary Agents, through The Grayhawk Agency, Ltd.
Simplified Chinese translation copyright © 2021 by Shanghai 99 Readers' Culture Co., Ltd.
All rights reserved.

图书在版编目(CIP)数据

魔桶/(美)伯纳德·马拉默德著;吕俊译.—北京:人民文学出版社,2021(2025.1重印)
(短经典精选)
ISBN 978-7-02-014887-5

Ⅰ.①魔… Ⅱ.①伯…②吕… Ⅲ.①短篇小说-小说集-美国-现代 Ⅳ.①I712.45

中国版本图书馆CIP数据核字(2021)第253553号

总 策 划　黄育海
责任编辑　朱卫净　周　展

出版发行　人民文学出版社
社　　址　北京市朝内大街166号
邮政编码　100705

印　　制　凸版艺彩(东莞)印刷有限公司
经　　销　全国新华书店等

开　　本　890毫米×1240毫米　1/32
印　　张　8.625
字　　数　154千字
版　　次　2017年5月北京第1版
印　　次　2025年1月第2次印刷

书　　号　978-7-02-014887-5
定　　价　68.00元

如有印装质量问题,请与本社图书销售中心调换。电话:010-65233595

SHORT CLASSICS
短经典精选

目录

001	头七年
017	哀悼者
029	我梦中的女孩
049	天使莱文
066	瞧这把钥匙
102	怜悯
116	监狱
126	湖畔女郎
161	夏天的阅读
173	账单
183	最后一个马希坎人
219	借款
231	魔桶
257	不幸者的人道主义代言人(代译后记)

头七年

鞋匠费尔德心里很恼火,因为他的助手索贝尔感觉太迟钝,没有注意到他正想得出神,却在另一条板凳上乒乒乓乓地敲打个没完。他看了他一眼,可索贝尔正在低着光秃秃的头忙着敲打鞋楦,没有注意到他。鞋匠耸了耸肩,继续透过已结了霜的窗户望着外面近处一团迷雾般的二月飘飞的雪花。无论是外面飘忽不定的茫茫白雪,还是对他曾虚度青春、白雪覆盖的波兰村庄的回忆,都无法把他的思绪从一个叫麦克斯的大学生身上移开(那天早上,他看见麦克斯顶风冒雪一路向学校奔去,就一直在想着他)。他对麦克斯很敬重,这些年麦克斯为了深造,酷暑严寒地吃了不少苦。一个古老的愿望一直萦绕在鞋匠心中:他要是有个儿子,而不是女儿就好了,可是这种愿望已被吹入雪中,飘散了。因为费尔德是个讲究实际的人。然而他又总免不了把这个勤奋的小伙子同根本不在乎受教育的女儿米里亚姆进行对比,那个小伙子也是个小贩的儿子。不错,她也总是手不释卷的,可是上大学的机会来了,她却说"不",

她宁愿去找个活儿干。他曾央求她去上大学,说有不少孩子想上大学,父亲还供不起呢,可她竟说她想要自立。至于受教育,那又算什么,读几本书就是了,索贝尔也很勤奋,读了不少大部头,而且也常常指导她呢。她的回答深深地伤了做父亲的心。

风雪里走来一个人,把门打开了。在柜台前,那个人从一个被雪打湿的纸袋里拿出一双穿得很破的鞋来修。一开始鞋匠没有在意来人是谁,后来他认出这张脸,不是别人,正是麦克斯。他的心不禁怦怦直跳,麦克斯很不好意思地解释说这双鞋要修哪里。虽然费尔德在认真地听着,可就是一个字也没听进。这个机会来得太突然,他有些懵住了。

他记不清从什么时候就有了这样的念头,因为他十分清楚,他不止一次地想过,建议这个小伙子跟米里亚姆一起出去。但他一直没敢说出口,万一小伙子一口回绝呢,那他怎么还有脸再见他呢?或者如果一直吵着要自立的米里亚姆发起脾气来,冲他吼,说他干涉她的私事呢?不过这次机会实在太难得,错过了太可惜;何况不过就是介绍一下,认识认识嘛。他们如果早有机会在什么地方认识的话,可能早就成朋友了。这难道不是他的责任,或者说是义务吗?让他们走到一起,这也不算什么,只是个没有害处的计谋,就等于他们在地铁里偶然相遇,或在街上由他们两个人共同的一个朋友给他们引见。只要让他见上她一面,再交谈一下,他肯定会对她产生兴趣的。对米里亚姆这样一个办公室里的办事员来说，她一天到晚尽同粗声大气的商人和没有文化的运输业办事员打交道，结识这么一个有学问的好小伙有什么坏处呢？说不定他还能唤起她上大学的愿望呢。就算做不到这一点，这位鞋匠至少能抓住这样一个道理，让她同一个受过教育的人结婚，将来过个好日子。

麦克斯讲完他的鞋该修哪儿之后，费尔德都一一做了记号，鞋上的两个大洞，他装作没注意的样子，在上面用粉笔画了两个大"×"的记号，胶皮跟磨得透出钉子了，他画上个"○"的记号，心里还一直嘀咕是不是把记号给画错了。麦克斯问要多少钱，鞋匠清了清喉咙，用压过索贝尔敲打声的嗓门问他是否可以从侧门出去到门厅里说话。虽然感到有些意外，麦克斯还是按他的请求去了门厅，费尔德跟在后面。好一会儿两个人都没说话，因为索贝尔的敲打声这时停了下来，两人似乎心照不宣，等锤声再响起时才开始说话。当敲打声再次响起——而且比刚才还要响时，鞋匠赶紧把请他到这儿来的目的说了出来。

"自从你上中学，"他在光线很暗的门道里说，"我就一直注意你，你每天早晨乘地铁去上学，我总是对自己说，这真是个学而不厌的好孩子。"

"谢谢。"麦克斯说，他有些紧张，又有所警觉。他个子高高的，长得奇瘦，五官轮廓十分分明，特别是那个略向下弯的鼻子。

他穿了一件又肥又长的大衣,一直到脚踝,上面溅上了不少雪泥,看上去就像在瘦削的肩膀上披了块地毯,戴着一顶被雪水浸湿了的棕色旧帽子,其破旧程度与他拿来要修的鞋差不多。

"我是个生意人,"鞋匠突如其来地说,以掩饰他的尴尬,"所以我开门见山地解释一下我为什么要同你谈一谈。我有个女儿,叫米里亚姆,今年十九岁了,人很好,长得也漂亮,在街上总有人要回头看她几眼。她人很聪明,总看书,所以我自己常常想,像你这样的小伙子,一个受教育的孩子,要是有机会,会有兴趣认识一下这样的姑娘的。"他说完,笑了一下,还想再说几句,后来想了想,还是不说的好。

麦克斯像鹰一样俯视着,沉默了令人难受的片刻,然后问道:"你说她十九岁?"

"是的。"

"敢问是否可以看看她的照片?"

"等一会儿。"鞋匠又进了店里,但很快就回来了,手里拿着一张快照,麦克斯把照片举得高高的,借着光来看。

"她还可以。"他说。

费尔德等待着。

"她还懂事吧——不是那种疯疯癫癫的姑娘吧?"

"她特别懂事。"

又过了一会儿,麦克斯说他可以同她见个面。

"这是我的电话号码,"鞋匠说,急忙递给他一张纸条,"给她打电话,她六点钟下班。"

麦克斯把纸条折了一下塞进他那只破旧的皮夹里。

"那鞋,"他说,"你刚才说收多少钱?"

"别管什么钱的事儿了。"

"我只是要心里有个数。"

"一元——五角,一元五角。"鞋匠说。

他立刻感到有些不妥,因为他平时修这样的鞋要收二元二角五。要么照常收费,要么就干脆不收。

过一会儿,他进到店里时被猛烈的敲击声吓了一跳,抬头一看索贝尔在砸空鞋楦,鞋楦砸裂了,锤子也砸在地板上又跳起来碰到墙上。还没等到他发火,这位伙计已经从钩子上摘下外衣和帽子,冲出门,走进风雪里。

原来费尔德只希望女儿和麦克斯的事能进展顺利,现在一件大事让他发起愁来。这个有性子的助手一走,他就完了,特别是这几年来这个铺子都是他和助手一起在顶着。他的心脏不好已有些年头,如果他过于劳累,随时都可能垮掉。五年前在一次心脏病发作之后,摆在他面前的只有两条路:要么结束生意,把铺子盘出去,然后用得到的那点钱维持以后的日子，要么找一个雇工，把命运交给他，要是他不可靠的话，到头来也是毁了他。可就在这走投无路的时候，从波兰逃亡来的难民索贝尔在那天晚上来到了大街上，想找份活儿干。他个子不高，但很壮实，穿得破破烂烂，原来是一头金发，现在已经秃头了。他的相貌极为平常，那双蓝色的眼睛目光柔和，好像一读伤心的书就会流泪似的。他年纪并不大，但长得老相，谁都不会认为他才三十岁。他直言不讳地说他对于制鞋一窍不通，但他说只要费尔德肯教，他肯定能把这行当学到手，而且工资只要一点点。考虑到是同胞，用他比用一个完全陌生的人总要少担一份心。费尔德就收留了他，不到六个星期，这个流亡者修的鞋几乎和他修的一样好。不久他就能把店管理得很好，这下子可让费尔德轻松多了。

费尔德可以完全信任他，常常回家一两个钟头，铺子就交给他，钱就在钱柜里，知道索贝尔会照看好，一分钱也少不了。更让费尔德吃惊的是，他几乎不要什么报酬。他什么都不要，他对钱不感兴趣，除了书以外，他什么都没兴趣。而且他把书一本一本地借给米里亚姆读，书里有大量稀奇古怪的评注，这都是他在公寓的一个个孤独的夜晚写出来的。这一本本厚厚的评注，他的女儿从十四岁就开始读，一页页地读着上面已神圣化了的评注，好像上面刻的都是上帝的话。鞋匠每次探过头去看时，都只能耸耸肩膀。为了不让索贝尔吃亏，每次费尔德给他的报酬都比他要的还多。尽管这样，费尔德还是感到良心不安，因为他没有坚持给索贝尔更高的工资。当然，费尔德也向他交了实底，说如果他到别处干，或干脆自己开店，都会有可观的收入的。可是这位助手似乎不领情，回答说他对去别的地方不感兴趣，这让费尔德困惑不解，常问自己：是什么让他留在这儿的呢？他为什么不肯离开呢？他最后得出的结论就是：这个人是个流亡者，有着可怕的经历，害怕与外界接触。

在砸鞋楦那件事发生后，鞋匠很生索贝尔的气，决定先让他在自己的公寓房里晒上一星期，尽管他知道由他自己支撑这个店挺艰难的，生意上也要受损失。但他经不住老婆女儿三番五次的劝说和警告，终于去找索贝尔回来上班，这类情况以前也有过，前不久就有一次。原来是费尔德不让他拿那么多书给米里亚姆看，她的眼都熬红了。因为这点小事，这个助手一赌气就回去了，但每次费尔德一找他，他也就回来了，又坐在那条长板凳上工作了。可这回不行。费尔德冒着雪好不容易才来到索贝尔的住处，他也曾想过打发米里亚姆来，但这个主意让他感到有点恶心。那个膀大腰圆的女房东，在门口就用浓重的鼻音腔告诉他说，索贝尔不在家，费尔德知道她在撒谎。这个流亡者还能到哪儿去呢？但出于某种他也说不准的原因，可能是天气太冷，或他太累了，他决定不再坚持见索贝尔。于是他回到家里，雇了个新帮手。

007

很快这件事就办好了，但他不是十分满意。现在需要他自己去做的事比以前多了。比如，不能再像以前那样睡懒觉了，他得早起为新帮手去开店铺的门。新帮手是一个不爱言语的人，长得黑黑的，干起活来毛毛躁躁，让人看了来气。他也不可能像信任索贝尔那样把钱柜钥匙交给他。虽说他修鞋的技术还可以，可对皮子的等级、价格什么的一窍不通，这类买东西的事得他亲自去办，晚上还得算账，然后锁好店门。不过他也不是太在意，因为他更多的心思还在麦克斯和米里亚姆身上。那个大学生已经给她打过电话了，并安排在星期五晚上见面。鞋匠本人倒是更喜欢星期六，在他看来只有星期六才是安排一些大事的日子，不过后来他知道这个日子是米里亚姆挑的，也就不再说什么了。哪一天倒不重要，关键是看结果怎么样。他们会不会喜欢对方，成为朋友呢？一想到他还得等那么长时间才能知道结果，他不禁叹了一口气。他常常和米里亚姆提起这个小伙子，想知道她的看法和态度，他以前只是告诉她，他认为麦克斯是个挺好的孩子，并想让他打电话给她。可有一回他刚开口问就被米里亚姆顶了回来，她说她怎么知道。

星期五终于到了。费尔德感到身体有些不适，就没有起床，麦克斯来访时，费尔德太太想她最好也待在卧室，守在他身边。米里亚姆接待了这个小伙子，她的父母在屋里能听见他们的说话声。他的喉音很重，在离开家之前米里亚姆把麦克斯带到卧室门口，他站在那里，高高的个子，背略有些弓，穿着一身厚厚的但不很精神的西装，他向鞋匠和他妻子打招呼时显得很自然，这倒是个好迹象。米里亚姆呢，虽然她已工作一整天，看上去还是挺精神、挺漂亮的。她骨架大，体型匀称，五官端正，看上去很大方的那种脸型，软软的头发。费尔德心里想，他们真是天造地设的一对。

米里亚姆回来时都十一点半了。她妈妈已经睡着了，但她爸爸还是从床上起来，穿上睡袍，来到厨房。米里亚姆还在那儿看书，这倒让他很吃惊。

"你们都去哪儿了？"费尔德兴致勃勃地问。

"散散步。"她说，连头也没抬。

"我和他说过，"费尔德清了清嗓子又说，"他不该花那么多钱。"

"我不在乎。"

鞋匠烧水沏了些茶，坐在桌旁，又放了一大片柠檬。

他啜了口茶，又问道："怎么样，玩得愉快吗？"

"还行。"

他不再说话了。她一定是感到这让父亲有些失望，所以补充了一句："头一回见面，没有什么好说的。"

"你们还见面吗？"

她又翻过一页书，告诉他麦克斯提出再见面。

"什么时候呢?"

"星期六。"

"那你怎么说的?"

"我怎么说?"她问道,停了一会儿,"我说行。"

过了一会儿,她问起索贝尔,费尔德说他另找了一份工作,他自己也不知道为什么会这么说。米里亚姆不再说什么,继续看书。费尔德并没有感到不安,他对星期六的约会很满意。

在这一个星期里,费尔德总是找机会问米里亚姆,想了解一些麦克斯的事。他惊讶地了解到,麦克斯不是学医或学法律的,他学的是商业,在读会计师的学位。费尔德感到有点失望,因为他认为会计师就是记记账之类的,他更喜欢"高等一点的职业"。但很快他就了解到,能拿到公共会计师证书的人在社会上是很受尊重的,这才对星期六的约会感到完全满意。星期六是他生意最忙的日子,他得整天待在店里,所以不知道麦克斯什么时候去找米里亚姆。后来从老伴那儿才知道他们那次见面很平常。麦克斯来了,按按门铃,米里亚姆穿上外衣就跟他出去了,仅此而已。由于他的妻子不是个善于察言观色的人,他也没有细问。他决定等米里亚姆回来。他拿起一张报纸坐在屋里看,其实他平时是很少看报的,他现在已经完全陷入了对未来的憧憬中。当他清醒过来时,她已经回来了,摘下帽子,满面倦容。和她打过招呼之后,他突然有点害怕,不敢问起白天他们约会的事情，这究竟是怎么回事，他也说不清。可她也不主动说什么。他只好硬着头皮问一问过得是否愉快，米里亚姆开始有些态度暧昧，后来，显然是改变了主意，她停了一会儿说："我感到厌烦。"

费尔德从十分气恼的失望之中完全清醒过来之后，问她为什么。她毫不犹豫地说："因为他是个十足的物质至上的人。"

"这个词是什么意思？"

"他没有灵魂，只对东西感兴趣。"

他把这句话琢磨了半天，然后问道："你还会见他吗？"

"他没问。"

"要是他问你呢？"

"那我也不想见他。"

他没有同她争。不过，随着时间的流逝，他还是希望她能改变主意。他也希望那个小伙子打电话来，因为他可以肯定他不会看走眼，而米里亚姆毕竟年轻、没有经验。但麦克斯没有打电话来，而且连上学也不再从这店门前走过了。费尔德对此很伤心。

后来的一天下午，麦克斯来取修好的鞋子。鞋匠把它从架子上取下来，他是特意放在那儿的，没有和别的鞋子放到一起。活儿也是他亲自做的，鞋跟、鞋底都修得很结实，是精心搞的，又打了不少油，擦得很亮，看上去比新鞋还好。麦克斯看到这双鞋时，喉结动了动,但眼里没有多少神。

"多少钱?"他问道,眼光还是避着鞋匠。

"还照以前说的,"费尔德回答说,那样子很伤心,"一元五角。"

麦克斯递给他两张折皱的一元纸币,收回一枚新铸的五角银币。

他走了,没问起米里亚姆。那天晚上,鞋匠发现新来的助手偷他的钱。他犯了心脏病。

尽管这次病犯得并不严重,他还是在床上一连躺了三个星期。米里亚姆说去把索贝尔找回来,费尔德挣扎着起来,十分生气地反对这个主意。可是他心里明白,这是他唯一的出路。在他回到店里的第一天,疲惫的工作就坚定了他找回索贝尔的决心。就这样,晚饭后他又来到索贝尔的公寓。

他好不容易爬上楼,明知道情况对他不利,也得去敲这个门。索贝尔把门打开,鞋匠进去了。这个屋子很小,也很破,只有一扇临街的窗。里面有一张很窄的床、一张很矮的桌子,墙边的地板上堆着几堆书,放得很乱。他觉得索贝尔挺怪,他没上几年学,却读了不少书。他再一次地问索贝尔,他为什么要读这么多书。索贝尔没能回答他。又问他在什么地方上过大学。鞋匠以前也曾问过,但他只摇摇头。他说,他读书就是长知识。鞋匠又问他长什么知识,长了知识又为什么。这些问题，索贝尔都没做任何解释。最后鞋匠就得出这样的结论：他读了很多书，就是因为他很怪。

费尔德坐了一会儿，歇过气儿来了。那个助手坐在床上，宽宽的后背靠着墙。他的衬衫和裤子都很干净。他那粗而短的手指在离开鞋店这么多天之后显得又细又白，看样子他在一气之下离店之后就把自己关在这个小房间里一直没出去。

"那你什么时候回店里去？"费尔德问道。

让他吃惊的是，索贝尔脱口说出："永远也不回去。"

他跳了起来，走到窗前，看着让人伤心的街道。"我为什么要回去？"他喊道。

"我给你加工资。"

"谁在乎你的工资！"

鞋匠也知道他的确不在乎工资，一时不知说什么好。

"那你还要我做什么，索贝尔？"

"什么也不需要。"

"我一直把你当自己的儿子一样看待。"

索贝尔十分激动地否认这一点："那你为什么从大街上拉来个根本不认识的小伙子，还叫他和米里亚姆一起出去？你为什么不想想我？"

鞋匠的手脚一下子变得冰凉，他感到嗓子一阵哑，连话都说不出来。最后，他清了清嗓子，用沙哑的声音说："我不明白我女儿和为我干活的三十五岁的鞋匠有什么相干？"

"那你知道我为了什么才给你干这么长时间？"索贝尔大声说，"难道我奉献了五年时间，就是为了你那点工资，就是为了让你能有得吃、有得喝、有地方睡？"

"那你为了什么？"鞋匠也喊道。

"为了米里亚姆，"他脱口说出，"为了她。"

鞋匠过了好一会儿，才挤出一句话来："我可是付给你现金的，索贝尔。"接着又是一阵沉默。尽管刚才一阵激动，他的头脑还是十分冷静和清晰的。他不得不承认，他早就对索贝尔有这种感觉，可就是从来没有认真地考虑过这个问题，但现在感觉到了，不免有些害怕。

"米里亚姆知道吗？"他用沙哑的声音低声问道。

"她知道。"

"你告诉她了？"

"没有。"

"那她怎么知道？"

"她怎么知道？"索贝尔说，"因为她知道。她知道我是怎样的人，知道我心里是怎么想的。"

费尔德一下子明白过来了。索贝尔把书和评注给米里亚姆读，这样慢慢地他就让她知道他是爱她的。鞋匠想到这儿，就像受了欺骗一样，十分生气。

"索贝尔，你真是异想天开，"他狠狠地说，"她绝不会嫁给你这样又老又丑的人的。"

索贝尔气得脸色发青。他想咒骂这个鞋匠。但是，他还是忍住了，眼里充满了泪水，痛哭了起来。他脸背着费尔德，站在窗口，拳头紧攥着，肩膀随着抽泣而不停地抖动着。

看到他这个样子，鞋匠的气也消了。他想说几句安慰他的话，他的眼睛也湿润了。这个逃亡者多么怪，又是多么可怜，受了那么多的罪，人也老了，头也秃了，从希特勒的炼人炉里死里逃生，来到美国，又爱上了一个比自己年轻一半年龄的小姑娘。一天一天地在他的修鞋板凳上坐了五年，切呀砸呀，一直等姑娘长大了，没法用语言来减轻内心的痛苦，明知道到头来只有绝望而没有半点希望。

"我说丑，不是指你。"他声音不大不小地说。

这时他意识到他刚才说的丑，并不是指索贝尔，而是指米里亚姆嫁给他以后她的生活。为了他女儿，他有一种说不出的绞心的难过，似乎她已经是索贝尔的新娘了，不管怎么说是一个鞋匠的老婆，她的一辈子不会比她妈妈好到哪里去。他对她所抱的一切美好的梦想——他就是为了这些梦想而终日操心劳累，得了心脏病的——对一切美好生活的梦想都化成了泡影。

屋子里很静，索贝尔在窗前看书。真是奇怪，当他读书时他显得那么年轻。

"她今年才十九岁，"费尔德断断续续地说，"就是说还太年轻，还不能结婚。这两年你先不要和她谈这件事，等到她二十一岁时再和她谈吧。"

索贝尔没有回答。费尔德站起身，离开了。他慢慢地下了楼，外面虽然很冷，纷纷飘落的雪花把街道染成了白色，他走起路来却感到轻快多了。

第二天一早，鞋匠来到店铺，心情沉重地来开门，他发现他不必来了，因为那个助手早已坐在鞋楦前开始为爱情敲打着皮革了。

一九五〇年

哀悼者

凯斯勒以前是个鸡蛋对光检查员，后来一个人靠社会保险金生活。在过去的六十五年中，他本可以为不止一个黄油和鸡蛋批发商干活而赚更多的钱，因为他挑选鸡蛋和给蛋定级又快又准，可是他好争吵，被人认为是好惹麻烦的人，所以那些批发商都不愿雇他。在一段时间后，他退休了，靠社会养老金过着十分俭朴的生活。他住在曼哈顿区东部的一幢年久失修的小公寓里。他的房间在顶楼，租金十分便宜。可能是他住得太高了，所以没有人去拜访他。他十分孤独，而且一年中大部分时间都是如此。他也曾有过家庭，可是容不了老婆和孩子，如他一贯那样，几年后，他离开了他们。在那以后他再也没见过他们，因为他从来不去找他们，他们也不来找他。三十年过去了。他一点儿也不知道他们在哪儿，他也不愿意去多想这些事。

在这座公寓里，虽说他也住了十年了，可知道他的人却寥寥无几。在五楼，他两侧的住户中，一家是意大利人，一个干瘪的老太太带着三个中年的儿子，另一家是沉默寡言的德国夫妇，他们没有孩子，姓霍夫曼。就是他们也从不和他打招呼，而他即使在狭窄的楼梯过道中遇见他们，也从不向他们问候。公寓的其他住户有时在街上遇到他，也能认出他来，但都以为他是住在这一街区的另外什么地方的。伊格内斯，这个个子矮小、有些驼背的看门人是最了解他的，因为他们在一块玩过两人的皮纳克尔扑克游戏①，但伊格内斯常是输家，因为他缺乏玩牌的技巧。可是伊格内斯也有一段时间没有上楼来了。他常和他老婆说他无法忍受那里的臭味，屋里很脏，家具很旧，让他感到恶心。伊格内斯有时向这层楼的其他人散布有关凯斯勒的这类话，所以别人都躲着他，把他看成是个脏老头。凯斯勒知道这一切，但他对他们都很蔑视。

一天，伊格内斯和凯斯勒争论起鸡蛋对光检查员的方法，是该使用桶，还是该堆起油乎乎的袋子，同垃圾一起流入升降机。两个人唇枪舌剑，互不相让，最后变成了对骂。凯斯勒砰地把门一关，走了。伊格内斯跑下五楼，大声地当着老婆的面骂这位老人。他的妻子对什么都无动于衷。碰巧房东格鲁伯在楼里，他是个胖子，总是一脸愁容的样子，穿着一身又宽又长的衣服。当时他正在检查管道修理的情况。气急败坏的伊格内斯又在他面前告了凯斯勒一状。

---

① 仅用 9 以上的牌，两副牌合用，共 48 张，按各人手中的牌组计分。

他说凯斯勒的房间的气味难闻死了,他简直是他见过的最肮脏的人,说话时还用手捏着鼻子。格鲁伯知道这位看门人是言过其实,但他此刻正为财务问题而发愁,致使血压升高,所以一听这情况立刻就说:"给他一个迁出通知。"这座公寓里自战后还没有一个住户接到过这样的书面通知呢,不过格鲁伯心里有底,万一有人问起这个问题,他就说勒令凯斯勒迁出是因为他是个不受欢迎的房客。格鲁伯这么做是因为想到,伊格内斯可以在给墙刷漆时买点便宜漆,省几个钱,而再租给别人至少比租给那个老头多收五美元的房钱。

那天晚饭后,伊格内斯带着一脸得意的神气上了楼,敲响了凯斯勒的房门。这位鸡蛋对光检查员打开门,一看是他,砰的一声把门又关上了。"格鲁伯先生说给你个通知,我们不想让你在这儿住了,你把整个公寓搞得臭气熏天。"里面没有回答,伊格内斯没有离开,在那儿品味着刚才他说的话。五分钟后屋内仍然没有声音,看门人还等在那里,想象着老犹太人一定躲在门后发抖呢。他又大声地说:"你接到通知,两周内得搬走,否则格鲁伯先生和我就把你赶出去。"伊格内斯看到门慢慢地打开了。看到老人的那副样子,他大吃一惊,看着他开门的动作,活像一具死尸在调整自己的棺材盖儿。虽然他的样子和死人一样,声音却仍富有活力,那声音从喉中冲出,特别难听、刺耳,把伊格内斯这些年来的事骂了个遍。他的眼睛通红,他的两颊凹陷,那绺胡子不停地上下抖动着。他好像一边喊着,一边在减肥。看门人对刚才那件事都不再上心思了,可也受不了凯斯勒这样狗血淋头般的痛骂,所以他终于喊道:"你这个又脏又臭的老叫花子,你最好快点搬出去,别这么找麻烦。"一听这话,凯斯勒狠狠地说那就请他们先杀了他再把尸首抬出去。

十二月一日一清早,伊格内斯发现信箱里有一个脏兮兮的纸包,里面有凯斯勒的二十五美元。那天晚上格鲁伯来收房租时,伊格内斯把它拿给这位房东看。格鲁伯心不在焉地摆弄着这些钱,过了一会儿,皱了皱眉头,憎恶地说:"我记得我告诉过你给他送一个迁出通知。"

"是的,格鲁伯先生,"伊格内斯没有表示异议,"我已经通知他了。"

"真是厚脸皮,叫人讨厌,"格鲁伯说,"把钥匙给我。"

伊格内斯把公寓的总钥匙串取了来,交给了房东。格鲁伯气喘吁吁地开始了缓慢的长途攀登。尽管在每层楼的楼梯平台处都歇口气,他还是感到很累,汗流浃背,这就更让他气不打一处来。终于爬上了顶楼,他用拳头敲打着凯斯勒的房门。

"我是格鲁伯,房东,马上把门打开。"

里面没有回答,也没有动静,格鲁伯就把钥匙插进锁里,转动了一下。凯斯勒用一只箱子和几把椅子把门顶住了,格鲁伯不得不用肩膀把门拱开,来到这个光线昏暗的外国留居者的门厅里。老头脸上没有一点血色，站在厨房的门口。

"我警告过你赶快从这儿搬走，"格鲁伯大声地说，"要是不搬，我就打电话给市司法局长。"

"格鲁伯先生……"凯斯勒开口了。

"别拿你那些令人作呕的借口来烦我，都是骗人的，"他四处看了看，"屋子弄得像破烂市场，闻起来和厕所没什么两样，得花我一个月时间来清理。"

"这味儿是我煮卷心菜的味儿，我在烧晚饭。等一等，我把窗户打开就好了。"

"你不走，这味儿就不会走的。"格鲁伯掏出他那个鼓鼓囊囊的大钱包，数出十二美元，后来又掏出五角钱，放在了箱子上面。"到这个月十五号，你还能住两个星期，然后就搬出去吧，我要清理房间。说过的话就不再说了，搬出去再找个别人都认识你的地方，或许是能找到个地方的。"

"不，格鲁伯先生，"凯斯勒很有感情地喊着，"我没有做什么错事，我不走。"

"别拿我的血压闹着玩儿了，"格鲁伯说，"如果十五号你还不走，我亲自来把你扔出去，看把你骨头摔散了。"

说完，他就走了，下楼时脚步十分重。

十五号到了，伊格内斯又在他的信箱里发现了十二块五毛钱。

他给格鲁伯打了个电话告诉他这件事。

"我去清理房间。"格鲁伯喊着说。他又指示看门人写一个通知书，就说凯斯勒的房钱被拒收，然后把钱从他的门底下塞进去。伊格内斯按照吩咐做了。凯斯勒又把钱塞进了信箱。伊格内斯又写了个条子，连同钱一起塞进这个老头的门缝里。

又过了一天，凯斯勒接到一份住户驱逐通知单，上面说周五上午十时要到法庭上去申诉理由，说明为什么不爱护甚至不断破坏公寓里的财产而不应被驱逐。这一官方通知可把凯斯勒吓坏了，因为他长这么大还从来没上过法庭。可是在规定的那天，他并没有在法庭上出现。

就在那天下午，市司法局长带着两名身强力壮的助手来到了公寓。伊格内斯为他们把凯斯勒的房门打开。他们推开门就进去了，看门人连忙跑到楼下他的那个地下室躲了起来。尽管凯斯勒连哭带叫的，那两个助手还是把他那几件简陋的家具搬了出来，放到人行道上。东西是搬出去了，可他们还得撞开卧室的门，因为老人把自己锁在那里。他喊着，挣扎着，向邻居们求救，但他们都站在门口，三五成群，一声不响地观望着。那两个助手紧紧地抓住老人的胳膊和瘦骨嶙峋的双腿，老人哀号着，蹬着腿，但还是给抬到了楼下。他们把他放到那堆破烂东西中的一把椅子上。楼上，那位司法长官把门封了起来，用伊格内斯给他的一把锁把门锁好，又在一份文件上签了个名,并把文件交给了看门人的老婆,然后和助手上了一辆汽车一溜烟地走了。

凯斯勒坐在那张放在人行道快裂成两半的椅子上。天在下着雨,一会儿就变成了雨夹雪,他还是一动不动地坐在那儿。从他身边路过的人就从这堆东西的边上践踏而过。他们看着凯斯勒,而凯斯勒两眼茫然无助。他没有戴帽子,也没有穿大衣,任凭雪落在他身上,看上去他也成了一件被抛出来的东西。不一会儿,楼上那个干瘪的意大利老太太带着两个儿子和一个装得满满的购物袋回来了。她认出这堆家具中坐着的是凯斯勒,便尖叫起来。她用意大利语向凯斯勒尖声叫着,但他就像没听见一样。她站在门廊里,缩成一团,还不断地用那双瘦瘦的胳膊比比画画的,嘴里也在生气地叨咕些什么。她的儿子想让她镇静下来,但她仍然尖叫不止。有几位邻居从楼上下来看是谁在如此吵闹。最后,老太太的两个儿子实在想不出法子,只好放下他们的购物袋,把凯斯勒从椅子上抬起来,然后把他背上楼。霍夫曼,凯斯勒的另一个隔壁邻居,用一个小三角锉刀把那只挂锁给锉断了,凯斯勒又被抬进了他曾被驱逐出去的公寓房间。伊格内斯冲着他们每一个人尖叫着,骂他们,但他们三个人还是把凯斯勒的那几把椅子、破桌子、箱子和那张古老的铁床拖到楼上,放进了卧室。凯斯勒坐在床边上,流着泪。过了一会儿,意大利老太太端来一个汤盘,是满满的一盘通心粉,还有番茄汁和磨碎的干酪等配料。这时这几个人才离开。

伊格内斯又打电话给格鲁伯。房东正在用餐,食物一下子在喉咙处塞住了。"我要把他们全都赶出去,这些狗娘养的。"他吼道。他戴上帽子,钻进汽车,一路碾着泥雪来到公寓。一路上他一直想的是他所担心的事:高价的维修费。这座房子已四分五裂,可能哪一天就会塌掉。他从报上常看到这类消息。突然大楼前面的墙面与楼体脱离开,就如一个大浪扑倒在大街上。格鲁伯心里咒骂这个老东西让他连晚饭也吃不安宁。他到了公寓之后,从伊格内斯手里一把抢过来那串钥匙,就沿着中间已凹陷的楼梯向上爬。伊格内斯也想跟在后面,但格鲁伯让他老老实实地待着。当房东不注意时,伊格内斯已偷偷地溜了上来。

格鲁伯用钥匙打开了门,来到凯斯勒黑暗的房间。他拉开灯的开关,看到老头坐在床边上,无精打采地闭着双眼,两脚边的地板上有一盘已变硬的通心粉。

"你知道你在干什么吗?"格鲁伯大声吼着。

老人坐在那里,毫无表情。

"你知道这是犯法的吗?这是非法擅入,是犯法的。你回答我。"

凯斯勒仍然一言不发。格鲁伯用一个黄色的大手帕擦了擦额上的汗。

"听着,我的朋友,你在给自己制造麻烦。如果他们在这儿把你逮去,要送你去贫民院的,我只是想好言相劝。"

让他吃惊的是,这时凯斯勒抬起头来,两眼闪着泪花。

"我究竟怎么你了?"他伤心地哭着,"是谁把一个在这儿住了十年按月交房租的人赶了出去?我都做了什么,请你告诉我!是谁无缘无故地伤害别人?你是希特勒还是个犹太人?"他一边说一边用拳头敲打着箱子。

格鲁伯摘下帽子。他在仔细地听,一开始对于老头说的话有些摸不到头脑,但后来他回答说:"你听着,凯斯勒,这不是个人问题。这房子是我的,可现在这个房子快倒塌了。我现在债台高筑。不管是哪个住户,如果他不爱护它,他就得走。你不爱惜公寓,还和看门人打架,所以才让你走。你要是明天一早离开,我啥话也不说,如果你不离开,你还得给轰出去,我会打电话给市司法局长的。"

"格鲁伯先生,"凯斯勒说,"我不会走的,你如果想让我死,你可以杀了我,但是我不会走的。"

当格鲁伯生气地离开时,伊格内斯匆匆忙忙地从门口溜走了。第二天早晨,经过一夜的焦虑与不安之后,房东打算开车去市司法局长办公室。半路上他在一个小商店门口停下来去买一包香烟,那时又决定先去找凯斯勒再谈一次。他想到一个主意:他主动把这个老头送到公共救济院去。

他驱车来到公寓大楼,敲了敲伊格内斯的门。

"那个老家伙还在楼上吗?"

"我不知道是不是还在那儿,格鲁伯先生。"看门人故作镇静地说。

"你说不知道是什么意思?"

"我没有看见他出去。在这以前,我从钥匙孔向里面看,又没发现有任何动静。"

"那你为什么不用你那把钥匙打开门看一看?"

"我害怕。"伊格内斯很紧张地回答说。

"你怕什么?"

伊格内斯不想说。

这时一阵恐惧也掠过格鲁伯的心头,但他没有表现出来。他抓过钥匙,很费力地向楼上走去,不时地加快脚步。

没有人应门,当他打开门时身上冒出一身汗。但是老人仍在那儿,还活着,光着脚坐在卧室的地板上。

"听着,凯斯勒,"房东说道,尽管刚才吓了一大跳,现在松了一口气,"我有个主意,你要是按我说的去做,你就没有麻烦了。"

他把他的想法向凯斯勒说了一遍,但是这位对光检查员根本没听。他目光低垂,身子向两边不停地晃来晃去,在房东喋喋不休地解释时，老人却在想着当他在大雪天里坐在人行道上时，纷乱的思绪里都有过什么东西。他曾想过他这悲惨的一生，想到年轻时怎么样抛弃了家庭，扔下了妻子和三个无辜的孩子，从来没有想过如何抚养他们；甚至这么多年来——老天作证——他一次也没有想过去问一问他们是否还活着。在这么短暂的人生里他怎么竟做下如此的错事？想到这些，他的心一阵阵地绞痛，而且往事一桩桩、一件件不断涌现在脑海里，他哀叹着，用指甲撕扯着自己的肉。

见凯斯勒如此伤心欲绝，格鲁伯十分害怕。大概我应该让他留下来，他想。当他认真观察老人时，他意识到老人在地板上缩起身子，是在做着哀悼的动作。他坐在那儿，脸色饿得发白，身子一前一后地摇晃着，胡子更显得清晰。

这儿有点不对劲——格鲁伯在想是什么不对劲，这时感到这儿的一切都是那么压抑。他想跑出去，离开这儿，后来看到他自己倒了下来，跌跌撞撞从五楼一直滚到楼下；他哀叹自己躺在楼梯底下那幅破碎的画面。只是他仍在那里，就在凯斯勒的卧室里，倾听着这位老人在祈祷。有什么人死了，格鲁伯自言自语地说。他猜想凯斯勒得到了什么噩耗，可又本能地意识到他没有。突然有一种可怕的力量撞击着他，他想到这个哀悼者哀悼的正是他本人，是他已经死了。

房东痛苦万分。他大汗淋漓,感到心里有一块巨大的石头,越压越重,直到他的脑袋要爆炸。足足有一分钟他在等候着这一时刻的到来;但这种痛苦的感觉过去了,留给他的只是悲哀。

又过了一会儿,他环顾这个房间,它是那么干净,那么阳光灿烂,而且那么温馨。这时格鲁伯是那么悔恨他以前对待凯斯勒的态度。

他羞愧地大叫一声,一把扯下凯斯勒的床单,把自己包裹起来,坐在地板上,他也成了一名哀悼者。

一九五五年

我梦中的女孩

米特卡在芦茨太太后院里那只已经生锈的垃圾桶的黑桶底上烧毁了让他伤心欲绝的小说书稿。尽管这位爱动感情的女房东千方百计地勾引他,而且他躺在床上时,通过地板所传来的新的声音和那强烈的香水味就能判断得出,她在订婚以前一定是很放纵的(昔日曾经有过令人惊讶的种种可能)。他抵制了这一切,而且把自己像囚犯一样锁在房间里,用钥匙把门反锁起来,只是在半夜才偷偷出去吃几块饼干,喝点茶,偶尔吃个水果罐头。这样已经一连几个星期了。

在深秋时节,那本小说在二十家出版商手上经过长达一年半的漂泊之后又回到了他的手中,待在那里。最后,他把它扔进了垃圾桶,连同秋天的落叶一起付之一炬。他不断地用一根长管子拨弄着,以便让里面的书页也烧起来。在他的头顶上有几只干瘪的苹果吊在树上,就像被人遗忘在干枯的圣诞树上的装饰物。当他拨火的时候,那些火星飞溅到苹果上,已经萎缩的苹果不仅象征着那份创作化作了乌有(那是整整三年的心血),也象征着他全部希望的破灭，连同着他赋予这本书的令人骄傲的构思。尽管米特卡不是一个多愁善感的人，他仍然感到把自己的内心烧成了（烧了整整两个小时）一个永恒的空洞。

一起投入火中的还有一捆形状各异的文件（他也不知道为什么要保留这些东西）：一些是他给出版社的信的复印件，一些是他们的回信，不过，大多数都是些印制现成的回绝信；其中三份是女编辑用打字机现打的，说他们退稿的诸多原因之中，最主要的一条是因为象征主义问题，它太晦涩、太难懂。只有一位女士写过希望他今后再次赐稿。尽管他诅咒他们该下地狱，但也没有能让他们接受这份书稿。不过，在收到退稿后的一年之中，米特卡又完成了一部新作。可是在重读这部新书稿时，他发现这里仍有他原来的老毛病，即象征主义的问题。而且比以前那一部更晦涩、更难懂，所以，他又把这份书稿扔到一边了。的确，当有些古怪的想法涌现时，他总是急忙溜下床，企图把它们捕捉到，写出来，可是又难以表达，不知该用什么词。不仅如此，他甚至失去了信心，他所说的那些话真的很有意义吗？如果或许真的很有意义，那些麦迪逊街高高在上而又毫无生气、冷冰冰的出版社审稿人能完全明白其真实性与戏剧性吗？所以，一连几个月他都搁下笔，不再写了——尽管芦茨太太对此十分伤心，而且发誓以后永远不再写了。他自己也感到这个誓言是毫无价值的，因为无论发誓与否，他是无论如何也写不出来了。

于是，米特卡就孤独地而且静静地坐在他那间裱着已褪了色的黄色墙纸的屋子里，把以前买来的奥罗斯科①的色彩很糟糕的复制品画用图钉按在漆皮已剥落的壁炉架上，看着街道对面屋顶上的鸽子种种的姿势和动作，直至眼睛发酸；或者无目的地看着一辆辆车从下面驶过，而并非看车上的什么人；每天昏天黑地地睡觉，做噩梦，有的梦还挺可怕，醒来以后再盯着天花板看个没完，尽管他想象是在下雪，但它从来也代表不了天空；如果远处传来音乐，他也听一听；只是偶然读一读历史性的或哲学性的书籍，但一旦它们触及他的灵感，让他想到写作，他立刻啪的一声把书合上。他不时地提醒自己，米特卡，再也不能这样下去了，否则你就完了。可是这样的警告也没有改变他的生活方式。他变得苍白、消瘦，有一回他穿衣时看到那两条瘦瘦的大腿时，他要是爱哭的话，早就该哭了。

芦茨太太也是个作家，不过是个拙劣的作家，她对作家很感兴趣，而且只要有可能，总是把他们拉到她那儿去住（首先，她那种引导式的询问运用得炉火纯青，很快就嗅到这种事情），甚至有时她都无力招待这些人。芦茨太太对米特卡的情况十分了解，她每天总是成功地为他做点事。她想尽办法让他下楼来到她的厨房，她

---

① 奥罗斯科（1883—1949），墨西哥画家，墨西哥现代壁画运动的发起人之一，主要作品有《普罗米修斯》《人类的斗争》《火人》等。

会绘声绘色地把她的午餐描绘一番：热气腾腾的汤，米特卡，还有松软的面包圈，小牛蹄胶冻，米饭和番茄汤，芹菜心，香喷喷的鸡胸肉，要想吃牛肉，也行，甜食也任他选，保证满意；同时还有装在信封里面又封起来的厚厚的条子从门缝下塞进来，里面描写的是她还是小姑娘时候的事，还有自从和芦茨先生结婚后的不如意的生活，写得很详细，语气也过于亲密，她在乞求从米特卡身上得到好一些的命运；或者在他门口留下许多她从以前的收藏中找出来的书，而米特卡对这些书连看也没看一眼。还有一些杂志，里面的故事上标着"你能做得更好"的字样。最后，是她自己写的，让他先睹为快的手稿，题名是"作家手记"。所有这些努力迄今都没有奏效——他的门紧闭着（米特卡一声也不出），有时她躲在厅里达一小时之久，就是等着他把门打开——芦茨太太单腿跪在地上，从钥匙孔向里窥视：他四仰八叉地躺在床上。

"米特卡，"她哀叫着，"你现在瘦成什么样子了——简直就是一副骨头架——吓死人了。快下来吃点东西吧。"

他还是一动不动，于是她就换个法子诱惑他："我拿着一张干净的床单，我来给你换一下，也给房间通通风。"

他吼着让她走开。

芦茨太太又琢磨了一会儿："我们又来了一位新房客，也住在你这层楼，是个名叫比阿特丽斯的姑娘。她可真是个美人儿，米特卡,她也是个作家呢。"

他仍没有作声,但她知道,他在听着。

"我得说这才叫妙龄,不过二十一二岁,束腰,紧胸,漂亮的脸蛋儿。你可以看见她那小短裤晒在绳上呢,真像花儿一样。"

"她都写些什么?"他很严肃地问道。

芦茨太太发现自己咳了起来。

"据我所知现在是给一些广告杂志写些东西,不过她想写诗。"

他又转过身,不再作声。

她离开了,把一个托盘放在厅里———一碗热汤,那香味足以让他发疯。两张叠好的床单,枕头套,新毛巾,还有当天早晨的《环球报》。

他把那碗令人垂涎的汤三口两口喝个精光,只差把餐巾也一起吃掉。他接着打开《环球报》,看一看有没有什么他不知道的内容。大字标题就告诉他:没有什么新鲜内容。他正想把报纸揉搓搓搓扔到窗外,突然想到在编辑专页上有一个《开放天地》的栏目,他已有几年没看了。在过去,他总是用颤抖的手指,用五分钱买一份报纸,主要是看这个《开放天地》栏目,因为这一栏目是向所有人开放的,是为那些想成作家而努力挣扎的人开设的,谁都可以投稿,但内容只限短篇小说,稿费是每一千字五美元。尽管他现在不愿回忆这段往事,但那毕竟是他的稿子常常被采用的地方。不到半年他就在这一栏目上发表了十二篇短篇小说(他用这笔钱买了一件西服和两磅重的一罐果酱),而且也正是这件事使他开始了长篇小说《安魂祈祷》的写作;从那时起到第二次中途流产,又到自暴自弃,再到产生了厌恶自己的可怕念头。开放的天地,的确不错。他咬了咬牙,但牙上的洞让他感到很痛。不过,对过去的这一段辉煌时期回顾一下,也并非那么苦涩,里面也有些甜蜜——每次他的文章一登,有二十五万人可能读到他的文章。就在这座小城里,可能每个人都知道他又有作品上了报(人们在公共汽车里读他的东西,在餐馆的餐桌上、公园的长凳上也都有人在读他的作品,当米特卡这个魔术师般的人物四处走动时,到处可以看到人们的微笑和泪水),出版社的编辑们写来奉承的信,崇拜者就更不用说了,甚至你根本想不到的人也会写信给你。一个人有了声望,真是连猫呀狗的都围着你转。想到这儿,他用那尚带一丝泪花的眼扫了一下这个栏目,但很快就贪婪地读起上面的文章来了。

这篇故事很有内涵。这个姑娘叫马德琳·索恩。她是以第一人称"我"来写的,尽管她只是偶尔几个地方提到了她自己,然后就转入了活生生的"他"。他想象着这个女孩不过二十三岁左右,身材苗条,但多愁善感,脸上那股神气明显地告诉人们索恩可不是白给的;不管怎么说,那天她来了,楼上楼下地跑着,有些喜又有些怕。她也是住出租的房子,在写小说,一点一点地写,在夜里写,在每天一整天的秘书工作已耗尽她的精力之后；一页又一页地写，再一页一页整齐地用打字机打出来，然后放到她床下的纸箱里。在全书都写完，连第一稿的最后一章都完成之后，一天夜里她把这个纸箱从床底下取出放在床上，再看一遍，看这本书到底怎么样。她把它们一页一页地扔到地板上，终于睡着了，还惦记着她是否写得还可以，忧虑着她还要再改写多少遍（这种忧虑越来越重）。当升起的太阳又照到她的眼睛时，她一下子跳了起来，这才意识到她忘了把闹钟上好，她飞快地把那些打好的一页页书稿又都扔进床底下的纸箱里，洗了一把脸，穿上条新洗过的裙子，梳了几下头发，飞奔下楼，冲出了房子。

　　一工作起来，真奇怪，精神还不错。小说的事又开始在心中涌起。她记下了她还应做哪些事——看来剩下的事不多了——就能使这本书成为一本她所希望的那种很像样的书。回到家里，满心欢喜，手里捧着鲜花，女房东在一楼迎接她，扑向她，满脸笑容：你猜，我今天都做了些啥？全是为你做的：把新窗帘的图案画好了，也配上了新床罩，当然少不了床前的地毯，不让你那双小脚受凉，一切都让你惊喜！这房间真像春天扫屋子那样从上到下都那么干干净净。我的上帝。这个女孩飞跑上楼，趴在地上往床底下看：纸箱空了。楼下像是一片黑光。房东，我床底下那些打好字的纸都到哪儿去了？她说话时把手都放到喉咙上了。"噢，我在地板上看到的那些纸吗？亲爱的，我还以为你放到那儿是让我清扫出去的呢，所以我就清理出去了。"马德琳尽量控制着自己的声音："是不是还在车库里？我——想星期四以前是不收垃圾的。""不，亲爱的，我今天早晨把它放进垃圾桶里烧掉了。那烟直辣眼睛，我的眼睛痛了足足一个小时。"米特卡放下窗帘，叹了一口气，一下子倒在了床上。

他确信这里的每一个细节都是真实的。他亲眼看见那个疯女人把手稿倒进垃圾桶，而且不断地拨动着火，直到每页神圣的手稿都化为灰烬。他望着火兴叹——这是多少年辛勤的汗水呀。这个故事在他头脑中挥之不去。他想要摆脱这一切——离开这房子，不再想这令人心酸的事，可是他身无分文，能到哪儿去呢？所以，他躺在床上，不论睡梦中还是清醒时，他总是梦到那燃烧的垃圾桶（在那桶里他们的书稿融合到了一起），为她难过也为自己忧伤。垃圾桶，这个象征物他以前是没有过的，它喷着火焰，射出火星，就像一个个的词，冒出的烟就像油一般浓。它开始变红发热，成了难看的黄色，又变成黑色——里面装满了人的骨灰，不知是谁的。当他的想象消失之后，心里又一阵阵为她的事难过。那最后一章——真是对这件事的一个讽刺。他终日渴望着能减轻她的痛苦，说一些知心的话，做一些体贴的动作，告诉她可以从头再写，而且只能比以前写得更好。半夜时分，这种念头让他难以入睡，难以忍受，他往手提式打字机里插进一张纸，转动一下胶滚儿，在这奇静的深夜，给

《环球报》写一封短信。由这份报纸来转达他对她的同情——他本人作为一名作家——不应放弃，要继续写，你真诚的米特卡。他找到一个信封，又贴上一枚邮票，邮票是从抽屉里找出来的，明知并不可取，还是偷偷溜出去把它寄了出去。

他很快就为此事而后悔了。这么做合适吗？算了，他已经写过了，但如果她写回信怎么办？谁要——谁需要与人有通讯往来呢？他现在简直没有力量去做这些事。所以他很高兴自十一月份焚烧书稿之后一直没有人来信。现在已经二月了。然而，每当整个房子的人都睡着了的时候，在偷偷出去觅食的路上，他总还是划一根火柴看一看信箱，这让他自己也感到很好笑。第二天夜里，他把手伸进去，用手指摸一摸，还是空的，他也是活该。是件傻事，他只能忘记她这件事：即，每天少想一会儿。但是，如果那个姑娘鬼使神差地写了封回信呢？芦茨太太是常常开信箱的，而且把不管是什么邮件都亲自拿上来——争取每一个浪费他时间的机会。第二天早晨他听到邮递员挎着她那只大袋子轻快地走上楼来，他知道是那个女孩回信了。稳住神，米特卡。尽管他警告自己他可能还是在那个梦幻世界之中，但当那熟悉的、扭捏作态的、带有挑逗性的敲门声响起的时候，他的心还是扑通扑通地跳个不停，他没有应门。咯咯的笑声："是你的信，米特卡，亲爱的。"她最终还是把信从门缝塞了进来——这也是她的一桩乐事。他等着她走开了才走到门口拿信，不想让她听到他去取信而得到满足。他跳下床，把信拿到手，急忙打开。"亲爱的米特卡先生（一手非常女性化的笔迹）感谢你对我的善意的同情，你的真诚的 M.T.。"就是这么几个字，也没有回信的地址，什么也没有。他怪叫一声，把它扔进废纸篓里。第二天他叫的声音更响了：又有一封书信说那个故事不是真的——是她编造出来的；但是，真实的情况是她很孤独，那么，他是否有必要再写信去呢？

对米特卡来说没有容易的事，但后来他还是给她写了信。他有的是时间而又无事可做。他对自己说，他写回信给她是因为她太孤独——好吧，因为他们都很孤独。最终，他承认他写回信是因为他不能再从事其他的写作。这样做毕竟可以让他缓解一下，尽管他不是个逃避现实的人。米特卡感受到，尽管他曾发誓再也不回到老路上去，但他还是希望这种通信会让他回到他那已放弃的书上去（思想贫瘠的作家是通过与女作家令人满意的书信交流来寻求摆脱这种贫瘠的）。很清楚，他想用这些书信来结束对自己的不继续写作的怨恨，没有创意的痛苦，不再恨自己与它们无缘。啊，米特卡。他叹息，为什么会这么无力，必须去依靠他人。然而，尽管他的信常常很粗鲁，有挑衅性，一点也不礼貌，但总能得到她热情的回应。那么宽容，那么温柔，那么主动。所以不久（他也曾责骂自己，可谁又抵挡得住）他就提出与她会面的问题。是他先提出的，而她（有些犹豫）还是接受了，因为，她曾问道，不打扰不是更好吗？

会面的地点就定在离她工作的地方不远的图书馆的一个分馆，时间是星期一晚上。这倒适合她嗜书的爱好，而如果要他来定，可能是在一条街的拐角。她说，她将戴一条老太太的那种三角头巾，是红色的。这下子倒让米特卡不由得不去想她到底长什么样子。从她的信看来，她是多愁善感的、谦虚的、诚实的，但她长什么样呢？尽管他喜欢的女人首先是十分漂亮的美人儿。但是，他想她不会是这类型的人。一半从她给他的一些暗示，一半根据他的本能推测。他把她描绘成一个长得标致又很健壮的人。咳，只要她有女人味，又有才华，还那么大胆，还求什么呢？像他现在这种情况的男人是需要点特殊口味的。

三月的夜晚是令人喜悦的，也让人感到了春天的气息。米特卡把两扇窗子都打开，让微风吹着他。就要去赴约会了——这时一阵急促的敲门声。"您的电话。"是一个女孩的清脆声音。大概是那个做广告的比阿特丽斯。他等她走后，才打开门走下楼来，到厅里去接今年以来的第一个电话。当他拿起听筒时，突然角落里出现一线光。他望过去，那扇门关了起来。是女房东造成的，她在房客之中把他宣传为一个怪人，"我楼上的作家"。

"米特卡吗？"是马德琳在说话。

"请讲。"

"米特卡,你知道我为什么打电话吗?"

"我怎么会知道。"

"我喝酒喝多了,有点醉了。"

"为什么不晚些时候喝?"

"因为我害怕。"

"怕什么?"

"我太爱你的信了,怕把它们丢了。我们非见面不可吗?"

"是的。"他轻声说。

"如果我不是你想象的那个样子呢?"

"既来之则安之。"

她叹了口气:"那好吧……"

"你会去的,是吗?"

没有她的声音。

"看在上帝的分上,别现在就让我灰心丧气。"

"好吧,米特卡。"她把电话挂上了。

他很敏感。他从抽屉中拣起最后一美元很快就离开了房间,趁她来不及改变主意就先去图书馆。但是芦茨太太在楼梯下面看到了他,她穿着法兰绒的浴衣。她的灰发又长又乱,声音有些嘶哑:"米特卡,你为什么这么长时间就是躲着不见我?我等了你好几个月就想说句话,你怎么这么狠心。"

"请借个光。"他把她推到一边,跑出了房门。疯狂的女人。一阵阵宜人的微风吹散了一切不快,让他的喉咙有一种哽咽感。他快步走着,比任何时候都充满活力。

图书馆是座老式的石头结构建筑。他在外借部的一排排书架之间已经凹陷的地板上到处看,只看到那个打着哈欠的管理员。儿童阅览室里没有灯光。在参考书室里有一位中年女性一个人坐在长长的桌旁:在桌子上放着她那只装得鼓鼓的购物袋。米特卡还在屋子里搜寻,东看看西看看。这时他头皮一炸,突然意识到:这就是她。他直盯盯地看着,实在不敢相信自己的双眼,他的心里就像吃了只苍蝇那样恶心。一阵怒火陡然升起。健壮倒是够健壮的,不过,戴了一副眼镜,相貌平常得不能再平常了;上帝,甚至连颜色也分不清——那三角巾的颜色是令人作呕的烂橘子的颜色。真是天大的骗局——男人受过这样无情的捉弄吗?他想逃离这里到外面换口气,可她不动声色地平静地读着那本书,那种若无其事的样子却没让他立即跑出去(这一着可是够狡猾的,她知道老虎已经进了笼子),她要是曾有那么一会儿抬起头来,眨一眨睫毛,他也能确定下来。可是她两眼不离书本,他要逃开就让他逃去。这更让他火上浇油。有谁需要这个老姑娘的施舍?米特卡(痛苦地)大步走向她那张桌子。

"马德琳?"他带着嘲弄的口吻叫着这个名字(作家使飞行的鸟

受了伤，但仍不想住手)。

她抬起头带着几分羞涩、不太自然的微笑："米特卡？"

"正是……"他玩世不恭地鞠了一个躬。

"马德琳是我女儿的名字，我写那个故事是借用了她的名字。我叫奥尔加。"

让她的这些谎话见鬼去吧！不过他还是怀有一丝希望地问道："是她让你来的吗？"

她惨然一笑，道："那就是我，坐下，米特卡。"

他满怀怒气地坐了下来，几乎想杀了她：把她剁成碎块，然后装进芦茨太太的垃圾桶里烧掉。

"他们快关门了，"她说，"我们到哪儿去？"

他毫无表情，在那儿发呆。

"我知道有个喝啤酒的好地方，就在街拐角。我们去喝一杯轻松轻松。"奥尔加建议道。

她把灰色毛衣外面那件黄褐色外衣的纽扣扣好。他也只好站起来。她站起身来跟在他身后，她那只袋子几乎拖到石台阶上。

在街上他把那个袋子接过来——里面好像装满了石头一样——跟着她走过拐角进了一个啤酒馆集中的地方。

他们靠着墙向里走，对面是一排又黑又暗的下等酒吧，奥尔加找到后面的一个。

"找个肃静点、僻静点的地方。"

他把袋子放在桌子上:"这个地方气味不好。"

他们面对面地坐下,他一想到这一晚上要同她在一起,心里老大不痛快。有讽刺意味的是:在鼠洞大小的房间里蹲了好几个月,今天竟为这件事而出来了。他真想现在就回去,回到那个房间,像棺材一样把自己关起来,永远也不再出来。

她脱下外衣:"我要是年轻的话,你准会喜欢我的,米特卡。我身段窈窕,头发金黄,追我的男人多得是,我不是你所说的那种性感的人,不过他们可都认为我挺性感的。"

他把眼睛转向了别处。

"我有气质,从整体上看很有韵味。我热爱生活,在许多方面我都比我丈夫强。他不理解我的禀性,所以离我而去——不过,你知道,我们有两个孩子。"

她看得出他没有注意她的话,奥尔加叹了一口气,眼泪也落了下来。

招待走了过来。

"一客啤酒,给我来一份女士威士忌。"

她用两块手帕,一块是用来擦鼻涕的,另一块是用来擦眼泪的。

"你看,米特卡,我都告诉你了。"

她的可怜样打动了他:"我知道了。"为什么这个傻瓜不注意听呢?

她望着他,眼里看得出一丝凄婉的微笑。不戴眼镜的她显得好看一些。

"你和我想象的一模一样。就是没想到你这么瘦,真让我吃惊。"

奥尔加把手伸进购物袋,从里面掏出几个包来。她打开来,有面包、香肠、鲱鱼、意大利奶酪、萨拉米软香肠、泡菜,还有一大块火鸡腿。

"我有时喜欢自己弄些东西吃。吃吧,米特卡。"

又是一个女房东,让米特卡不得不随波逐流,好像他在引诱别人的母亲。但他还是吃着,感谢她为他提供的这段消遣的时间。

招待把酒拿来了:"这是怎么回事?开野餐会?"

"我们是作家。"奥尔加解释说。

"老板会高兴的。"

"别管他,吃,米特卡。"

他没精打采地吃着,一个人总要活下去。他不也一样吗?他什么时候混得这么惨过?好像从来没有过。

奥尔加呷了一口威士忌:"吃吧,这也是一种自我表现。"

作为一种自我表现,米特卡吃光了那根萨拉米香肠、半只面包、奶酪，还有鲱鱼。他的胃口大了起来。奥尔加又从袋子里掏出一块腌牛肉，还有一只熟透了的梨子。他用那块肉做了个三明治。那种凉凉的啤酒也是那么好喝。

"现在写作进展得怎么样了，米特卡？"

他把杯子放下，可又改变了主意，把杯中剩下的酒也一饮而尽。

"别提它了。"

"别丧气，要振作。每天都要写一点。"

他开始大口大口地啃那只火鸡腿。

"我就是这么做的。二十年来我从不间断写作，只是有时——因为某种原因——我写得太差了，我真不想写下去了。但是我总是放松一下自己，只是短短的一段时间，然后再换一个故事写。在我又恢复创作激情之后我再回到原来的那个故事上去，但常常又是重新写了，或者认为那个题目已不值得再花费心思了。你按我这法子练习一段时间，就会掌握一些规律的。这也取决于你对生活的态度。只要你是个成熟的人，就会知道应该如何工作的。"

"我的作品一团糟，"他叹了口气，"就像一团迷雾，一片涂鸦的墨迹。"

"你会走出自己的路的，"奥尔加说，"只要你持之以恒。"

他们又坐了一会儿。奥尔加告诉他她童年的事情。那时她还是个小姑娘。她本想再多谈一会儿,可是米特卡有些不耐烦了。他在想在这之后还干什么?他会把这个老女人带到哪儿去?他是说他的灵魂。

奥尔加把吃剩下的食物又放回购物袋。

到了街上,他问她去哪儿。

"我想去公共汽车站,我同儿子住在一起。在河对岸,还有尖酸刻薄的儿媳妇和他们的小女儿。"

他替她拿着袋子——已经轻得多了——他这么走着,一只手提着袋子,另一只手夹着一支香烟,朝汽车的终点站走去。

"我真希望你能认识我的女儿,米特卡。"

"为什么不呢?"他满怀希望地问,他感到奇怪。她为什么不早提起这件事呢?因为她始终也没有真正进入他的脑海之中。

"她的头发像瀑布一样,腰就像花瓶一般。她的气质真是无与伦比。本来你准会爱上她的。"

"怎么啦,她结婚了吗?"

"她在二十岁时就死去了,正是风华正茂的豆蔻年华。我所有的故事实际上都是写她的。将来我把那些最好的篇章收集一下,看能不能出版。"

他一下子像挨了当头一棒,走起路来都有些踉跄。正是为了马德琳,他今天晚上才溜出洞穴,想把她搂在自己的胸前,贴在孤独的心上。可是她就像一颗流星、陨石，一下子崩作了碎片，散落到遥远的天边。他站在下面，孤独地哀叹。

他们终于来到了汽车站，米特卡把奥尔加扶上车。

"我们还见面吗，米特卡？"

"最好不再见了。"他答道。

"为什么不呢？"

"太令我伤心了。"

"那你也不再写信了吗？你绝不会知道你的那些信对我意味着什么。我就像一个焦急等待邮递员的年轻的姑娘。"

"谁知道呢？"他走下汽车。

她把他叫到车窗前："别担心你的写作，多呼吸些新鲜空气，养好身体，有了好身体才能更好地从事写作。"

他的脸上没有什么表情，只是可怜她。她的女儿，还有芸芸众生，为什么不该同情呢？

"在关键时候，性格是很重要的，但也必须附以天分。当你在图书馆看我的时候，你站在那儿，我想这是一个有性格的男人。"

"再见。"米特卡说道。

"再见，亲爱的，尽快写信给我。"

她仰靠在椅子上。汽车轰响着开出了车站，在车转弯时，她还从窗子里向他挥手。

米特卡向相反的方向走去，一时感到很不舒服，直到他感到已没有原来那种剧烈的饥饿感，那种不舒服的感觉才过去。靠今晚所吃的这些东西，他可以坚持一个星期。米特卡，骆驼一样的人。

春天，他时时处处感到春意就在身边，就在周围。尽管他极力抵制她那种亲昵的言语，当他往芦茨太太家走的时候，他还是一直忘不了这一晚与她在一起时的情景。

他想到这个老女孩。他现在将回到家里，给她从头到脚披上溜滑的白纱。他们在楼上跳来跳去，然后，他（一个一生绝对只结一次婚的男人）把她抱起来，抱进门槛，在他那个写作间的小屋里，用手搂着她从紧身胸衣里溢出的赘肉一起跳起了华尔兹舞。

一九五三年

天使莱文

马尼斯彻维兹是个裁缝,在逆境与屈辱中度过了五十一个寒暑。他本来生活安逸,但后来店里一桶清洗液爆炸引起大火,店铺被夷为平地,一夜之间变得一无所有。虽说马尼斯彻维兹也投了火灾保险,可是有两名顾客在火中受伤,他们到法院起诉,给他们的伤害赔偿掏空了他所有的积蓄。几乎是与此同时,他本来很有前途的儿子又在战争中丧生,而他的女儿一声不响就嫁给了一个无赖,跟他一起消失得无影无踪。从那以后,马尼斯彻维兹患了腰痛病,疼痛难忍,几乎连一天两个小时熨衣服的活儿都干不了,而这是他能找到的唯一的工作,因为除了站久了腰痛以外,这活儿还让他发狂。他的妻子芬妮是个贤妻良母,以前做些洗洗缝缝的活儿,可现在眼见着一天天精力衰退,体力不支。她开始呼吸急促,上不来气儿,后来终于一病不起。给她看病的医生曾是他的一位主顾,出于同情为她医治,一开始感到她的病很难确诊,后来确诊为动脉硬化到了晚期阶段。他嘱咐她彻底休息,又把马尼斯彻维兹拉到一边,悄悄地告诉他说，她已经没有什么希望了。

经历了这么多的磨难，马尼斯彻维兹还是那么坚强，几乎不相信发生在他身上的一切是真的发生了，似乎这些事只是发生在比如他的一个熟人身上，或某个远亲身上；仅是如此多的不幸发生在一个人身上，就很不可思议。同时也很荒谬，上帝太不公平，因为他一直是个很虔诚的人，是敢于直面上帝的人。他最后认为这都是他应有的苦难。每当他感到痛苦太多、难以承受时，他总是闭上双眼，坐在椅子上祈祷："我亲爱的上帝，最亲爱的，这些灾难怎么会降临到我的头上，是否我命该如此呢？"但他说完后立刻感到这是徒劳的。接着他又祈求帮助："还给芬妮一个健康吧，而对于我，不要让我这样每一步都这么痛苦吧，赶快给我帮助，否则就太迟了。"然后，马尼斯彻维兹就痛哭起来。

在火灾之后，马尼斯彻维兹搬进去的房子是很简陋的，只有几把椅子、一张桌子和一张床，地点也是全城最穷的区域。这套公寓有三个房间：一个是又小、墙纸又破旧的起居室；一个是只有一台老式冰箱，勉强算是厨房的小屋；相对大一点的房间是卧室，里面放着一张中间已凹陷的二手床。芬妮每天躺在那里艰难地喘气。卧室是三个房间中最暖和的，在这里马尼斯彻维兹在每天向上帝倾诉之后，借着头顶上两只小灯泡的光，读他的犹太教报纸。其实他不是真正在读，因为他的思想很少在报纸上，而是无所不想；不过这份印刷品倒是给他的眼睛找了一个很好的休息场所，偶尔遇到一两个他愿意去思考的字，也可以起到让他暂时忘却各种烦恼的作用。过了一段不长的时间，他惊奇地发现他对浏览新闻很有兴趣，并总想寻找一些能引起他极大兴趣的内容。开始时他也说不清他究竟要读些什么。后来他惊讶地发现他所期待的竟是关于发现他自己的一些东西。马尼斯彻维兹放下报纸，抬起头来，他有个很清楚的印象：有人进了他的公寓房间，虽然他并没有听见开门的声音。他向四处看了看：室内很静，芬妮在睡觉，她还是头一回睡得这么安稳。他有点害怕，忙去看看她，直到证实她还活着，他才放下心来。但是刚才有个不速之客的念头还是让他难以安心，他步履蹒跚地来到起居室。真让他大吃一惊，桌子旁坐着一个黑人，正在读报，为了一只手拿着方便，他把报纸对折了起来。

"你到这儿来干什么？"马尼斯彻维兹战战兢兢地问。

黑人放下报纸抬起头来，表情温和地问道："晚上好。"他好像对自己心里没底，似乎是走错了地方。他身材高大，但十分匀称，四方大脸，头戴一顶常礼帽，没有把帽子摘下的意思。他的眼神有一种伤感的色彩，但嘴唇看上去就像要微笑似的，唇上有短髭，否则他就不会这样有魅力。他衣袖的袖口，马尼斯彻维兹注意到，与衣服里子之间的线已经磨得散开了，那身深色的西装也很不合身。

他的脚很大。从惊吓中恢复过来之后，马尼斯彻维兹猜想一定是他进屋时忘记了关门，正好有一个福利部的工作人员进来了，他们这些人有时是晚上去走访一些人家的。他前些日子曾写了份申请交给社会福利部。因此，他坐在黑人对面的一把椅子上，在他似笑未笑之前，先尽量让自己放松下来显得自然一些。这位以前的裁缝正襟危坐，耐心地等候这位调查员取出笔和本子，并提出问题；但过了没多久，他就确认他并不是干这类工作的人。

"你是谁？"马尼斯彻维兹终于很不自然地问道。

"如果我可以自报姓名的话，本人名叫亚历山大·莱文。"

尽管他如此冒昧，马尼斯彻维兹还是面带微笑。"你说是莱文？"他很客气地又问一遍。

黑人回答说："正是。"

马尼斯彻维兹继续调侃似的问："大概你是个犹太人吧？"

"我生来就是，而且至死不变，心甘情愿。"

裁缝有些迟疑。他曾听说过犹太人也有黑人，可从未见过。这倒给他一种不同寻常的感受。

渐渐地，他感到莱文说的话时态有点不对头，便狐疑地问："那你现在已不再是犹太人了？"

听到这话，莱文把帽子摘了下来，露出他黑发中的一块十分分明的白发，但很快又把帽子戴上了。他回答说："我最近已化作天使，故此，若能力所及，我愿尽绵薄之力相助于你。"说完他又低下头带有歉意地说："有一点尚需言明：我只是奉命而行，今日之承诺尚待未来实现。"

"这是一种什么样的天使呢？"马尼斯彻维兹很严肃地问道。

"我是上帝的善意天使，我们各有权限，各司其职，"莱文回答说，"从不与其他类别相混淆。各有指令和组织，在人间看来我们名字相同。"

马尼斯彻维兹很是不安。他一直期待着什么，但并不是这个。如果莱文是个天使，他从小是在犹太教堂长大的忠实的奴仆，后来竟能传达上帝的旨意，这该是怎样的一个讽刺？

为了验证莱文的身份，他又问道："那你的翅膀在哪儿？"

黑人本能地脸红了。马尼斯彻维兹从他那警觉的表情看得出。"在某些情况下，我们在回到人世间时就失去了特权和优势，不论是为何目的或企图帮助什么人。"

"那么，请告诉我，"马尼斯彻维兹带着得胜的神气说，"你是怎么到这儿的？"

"我是被转化而来的。"

裁缝还是弄不明白，说："如果你是犹太人，那赐福面包该怎么说？"

莱文用十分动听的希伯来语背出这句话。

虽然马尼斯彻维兹被这熟悉的语言所感动,但仍存有疑虑,不相信他在和一个天使打交道。

"如果你是天使,"他有些生气地提出要求,"那就拿出证据来。"

莱文舔了舔嘴唇:"说实在的,我无法施展法术或创造什么奇迹,因为我目前只是见习阶段。这个阶段需要多少时间或有怎样的内容还得看见习的结果。"

马尼斯彻维兹正在绞尽脑汁地想怎样才能使莱文现出本来面目,这时黑人开口了:

"据我所知你的妻子和你所需要的帮助都是与强身健体有关的,对吗?"

马尼斯彻维兹还是无法摆脱他受愚弄的感觉。犹太天使就是这个样子吗?他问自己。仅仅这一点我就不信。

他做最后一次发问:"如果上帝给我派来个天使,为什么是个黑人?白人那么多,为什么不派个白人来?"

"那时正好轮到我的班。"莱文解释道。

马尼斯彻维兹还是没有被说服:"我想你是个冒牌货。"

莱文慢慢站起身,他的眼神中流露出不满和忧虑。

"马尼斯彻维兹先生,"他语调平淡地说,"如果你最近有需要我帮助的时候,可能从前也行,"他看了看自己的指甲,"你可以在哈莱姆找到我。"

说完，他就走了。

第二天，马尼斯彻维兹感到腰痛减轻了不少，而且熨衣服可以一口气干四个小时。后来，竟能干六个小时，第三天又干了四个小时。芬妮也能坐起来了，还想要吃点碎芝麻糖。但第四天，他的腰又开始痛，像断了一样疼痛难忍，芬妮也起不来了，嘴唇发紫，呼吸困难。

马尼斯彻维兹对此十分失望。他多么希望这段好转的时间能持续得长一点，长到他可以不只想自己的病痛和麻烦。每日每时他都生活在痛苦之中，痛苦成了他唯一的记忆。他想知道这种情况到底是为什么，尽管他也带着情感，还是责问上帝：为什么如此多的灾难降临给他？如果上帝出于什么原因或理由教训他的奴仆，比方说因为他软弱，或骄傲，或是在发达时怠慢了他，那么略施惩罚也就够了，这也是上帝的本能和职责。但一个不幸就足以惩戒他，为什么任何不幸都要一起来呢？他先后失去两个孩子，又丧失了维生的手段，还搭上了芬妮的健康，这一切让一个脆弱的人难以承受。马尼斯彻维兹算是什么人，让他承受这么多？他只是个裁缝，当然算不上是有才能的人。对于他来说，太多的苦难不都算浪费了吗？在他那里苦难只能变成更多的苦难，此外它什么也变不了。他的痛苦不会给他带来面包，也不会把墙上的缝隙堵塞，更不会在半夜抬起厨房里的桌子,只会压得他夜不成眠,让他感到压抑,多次想喊叫,但又有谁来倾听他的这些苦难?

在这种心境中他也根本没有去想亚历山大·莱文先生,但是当疼痛略轻一些时,他也曾想过,他就那样把莱文打发走了是否犯了个错误。一个犹太黑人,还是个天使——真是令人难以置信,但是万一他的确是被派下来拯救他的天使,而他,马尼斯彻维兹,却有眼无珠当面错过呢?正是这种想法让他心如刀绞般地痛苦。

在经过反复的自我盘问,不断质疑之后,他还是决定去哈莱姆寻找这位自封的天使。这当然是件很困难的事,因为他当时并没有问清楚地址,而且他行动也很不方便。地铁把他带到第一一六街,到了那里以后,他就茫然不知所措了。一片空旷,一片漆黑,灯光暗淡,到处是黑影,不断晃动的黑影。马尼斯彻维兹拄着拐杖,蹒跚地走着,也不知道在这一幢幢黑漆漆的公寓楼中到哪儿去寻找,只好在商店的橱窗里毫无结果地逐个探望。他看到商店里的人,个个都是黑人,看起来真让人感到惊奇。当他走得很累,实在不高兴再走时,就在一家裁缝店前停了下来。由于对这里的样子很熟悉,他有些伤感地走了进去。裁缝是个瘦瘦的老头儿,一头灰白头发,乱蓬蓬的。他盘腿坐在工作凳上,正在缝一条男子的礼服裤子,拉链一直开到裤裆。

"先生,请您原谅,"马尼斯彻维兹说,他对这位裁缝的娴熟的缝纫技巧十分羡慕,"不知您是否知道有位叫亚历山大·莱文的人?"

裁缝挠了挠脑袋,马尼斯彻维兹想他似乎带有敌意。

"我可从来没听说过这个名字。"

"亚历——山大·莱——文。"马尼斯彻维兹又重复一遍。

那个人又摇了摇头:"没听说过。"

马尼斯彻维兹突然想起来了,说:"他大概是个天使。"

"噢,他呀,"裁缝说,咯咯地一笑,"他在酒吧、妓院、夜总会之类的地方闲逛呢。"他用那根皮包骨的手指指了指,又缝他的裤子去了。

马尼斯彻维兹穿过红灯映照的大街,几乎被一辆出租车撞倒。又走过了一个街区之后,来到下一个街区,从拐角处数第六个店面是一家卡巴莱①,一闪一灭的灯光映出它的店名——贝拉歌舞厅。马尼斯彻维兹很不好意思地走了进去,他透过霓虹灯照亮的窗子向里看着,当一对对跳舞的人分手走散后,他发现亚历山大·莱文正坐在靠后面边上的一张桌子旁。

他一个人坐在那里,嘴角叼着个香烟屁股,用一副脏兮兮的扑克牌玩着单人纸牌游戏。马尼斯彻维兹真有点怜悯他,因为他那样子看上去很落魄。他那顶礼帽也不挺括,而且污迹斑斑。他那身

---

① 卡巴莱,一种有歌舞或滑稽短剧等表演助兴的餐馆或夜总会。

本不合身的西装显得更破旧了，好像他就穿着它睡觉似的。他的鞋子和裤脚上尽是泥点的痕迹。脸上的胡茬是甘草一样的颜色。虽然马尼斯彻维兹大失所望，但还是走了进去。这时一个长着一副大胸脯、穿着紫色晚礼服的黑女人，露着满嘴白牙，大声地笑着来到莱文的桌前，突然肩部和臀部一起抖动，跳起了希米舞。莱文带着一种烦躁不安的神情看着马尼斯彻维兹，但这位裁缝当时呆若木鸡，既不能动也不知该如何反应。当贝拉歌舞厅又开始新的一轮舞曲时，莱文站起身来，眼中闪着兴奋的光芒。那黑女人一下子把他抱住，他的双手紧紧地扣在她那不停抖动的臀部两侧。他们一起跳着探戈来到屋子中央，旁边观看的人为他们鼓掌喝彩。她似乎都把莱文举了起来，而他的两只大鞋跳舞时不太跟脚。他们跳到了马尼斯彻维兹向里观看的窗口，他站在窗外，面色苍白。莱文经过时狡黠地挤了挤眼，裁缝就离开那里回家去了。

芬妮躺在床上，已是苟延残喘了。她的嘴唇颤抖着，断断续续地述说着她的童年、不幸的婚后生活、失子之痛、泪水陪伴走过的一生。马尼斯彻维兹不想听，可是这些事情不用耳朵也听得到。这倒不是天赋。医生气喘吁吁地爬上楼梯。他长得粗壮，但很和蔼，没有刮胡子（那是星期天），他很快就摇了摇头。顶多只有一天或者两天。他立刻就离开了，不想同马尼斯彻维兹一起伤心，他是个从不停止伤害别人的人。他早晚有一天让他进救济院。

马尼斯彻维兹去了一个犹太教堂。他想和上帝说话,但上帝擅离职守。这位裁缝冥思苦想,没有任何希望。她要是死了,他也会生不如死的。他想过自己也一死了之,可是他知道他是不会的。但这也是个值得考虑的问题。只要思考着,你就存在着。他在与上帝背道而驰——你能爱一块石头、一把扫帚、一种虚无吗?他敞开胸膛,击打着一条条肋骨,咒骂自己为什么相信了那些根本不值得相信的东西。

那天下午,他坐在椅子上就睡着了,睡梦中他梦见了莱文。他站在一面影像模糊的镜子前,梳理着乳白色的正在衰退的小翅膀。当他从梦中醒来时,喃喃自语着:"这意味着他还真可能是个天使。"他求一位邻居太太照看一下芬妮,主要是有时用水润一润她的嘴唇。他穿上那件薄薄的大衣,抓起拐杖,为坐地铁换辅币又拿了一些零钱,就乘车去哈莱姆了。他知道这次行动是最后绝望的痛苦挣扎,去寻找一个黑人魔术师来拯救妻子的病。但是如果别无选择,他至少也算是尽了力。

他艰难地来到贝拉歌舞厅,但这个地方好像已更换了主人。现在是设在商店里的犹太教堂,他一边喘着气一边端详着。前面冲着他的是几排空空的长条木椅。后面是个藏经书的壁龛,龛门是由粗糙的木头制成,上面覆盖着五颜六色的闪光装饰片。下面的长案上放着一些没有展开的圣卷,上面一根链子上吊着一个昏暗的灯泡照着它。案桌周围坐着四个头戴无檐便帽的黑人,他们的手指都僵直地触摸着案桌和圣卷。他们诵着经文,马尼斯彻维兹透过格子玻璃窗可以听见他们声音里的有节奏的乐音。他们中有一个人上了岁数,留着灰白胡子。有一个是肿眼泡,有一个是驼背。第四个是个孩子,年龄不过十三岁,他们的头随着节奏晃动着。他童年和青年时期都为这种景象所感动过,他走了进去,站在后面,静静地,一声不响。

"纳少玛,"肿眼泡用短而粗的手指指着一个词问道,"这个词是什么意思?"

"这个词表示灵魂。"那个孩子说。他戴了副眼镜。

"我们把它深入地评论一下。"老人说。

"没有必要,"驼背说,"灵魂是无形的物质力量,如此而已,灵魂就是这样产生的,无形生自有形,而这两者又都生自灵魂,只是偶尔相反,没有比灵魂更高的了。"

"那就是最高的了。"

"至高无上。"

"等一等,"肿眼泡又说道,"我不明白什么是无形的存在,这一个又怎么一会儿就变成了另一个?"他问驼背。

"你可给了我个难题。因为它是无实体的无形,它是无法合到一起的。不像身体的各部位，可以用皮肤包起来，合为一体。"

"听着。"老人说。

"你已经改换了概念。"

"它是一种原动力，这种无形的存在生出万物，再由万物生成思想——你，我，一切人与一切物，概莫能外。"

"那这一切又是如何发生的呢？说得简单一点。"

"是精神，"老人说，"水的表面上漂浮着精神，那就是善，《圣经》上是这么说的。精神又生成人。"

"好，注意这个地方，如果它一直只是精神，它又如何变成了存在。"

"上帝使然。"

"神圣啊，神圣，让我们歌颂这个伟大的名字吧！"

"精神是否也有深浅不同的颜色呢？"肿眼泡又进一步地问。

"伙计，当然没有，精神就是精神。"

"那我们为什么有颜色呢？"他说，脸上露出得意的神气。

"这与此无关。"

"但我想知道。"

"上帝把精神置入万物，"孩子回答说，"他把精神放进了绿叶，放进了黄花，把金色同时放进了鱼身上，把蓝色同时置入了天空，对我们人类也是如此。"

"阿门。"

"歌颂上帝,让我们在心灵里大声呼唤他的名字。"

"吹起号来直到它震撼天宇。"

他们都住了声,想着下面该说什么。马尼斯彻维兹满腹疑窦地走近他们。

"请诸位原谅,"他说,"我在找亚历山大·莱文,你们大概认识这个人吧?"

"那个天使。"孩子说。

"噢,他呀。"肿眼泡用鼻子哼了一声。

"你到贝拉歌舞厅可以找到他,过了马路那座楼就是。"驼背说。

马尼斯彻维兹说他很抱歉,不能在这儿久留,谢了谢他们就一跛一拐地走过了马路。这时已是夜里。城里漆黑一片,他几乎找不到路。

但贝拉歌舞厅倒是响着爵士乐和布鲁斯乐曲。透过窗子,马尼斯彻维兹认出了那伙跳舞的人,在他们中间找到了莱文。他正坐在一个侧面的桌旁,咧着嘴。他们拿着一瓶威士忌酒瓶向下一滴一滴地倒酒,瓶子几乎空了。莱文已经扔掉了旧衣服,穿上一身崭新的格子西装,戴着珠灰色的礼帽,叼着雪茄烟,脚上穿的是一双双色皮鞋。让马尼斯彻维兹失望的是他原先很体面的脸,现在是一副醉醺醺的样子。他靠向贝拉那边,贴近她的耳朵,悄声说着一些庸俗的话，不时逗得她哈哈大笑，她抚摸着他的膝。

马尼斯彻维兹鼓足勇气，推开门，没有人欢迎他。

"这个座位已经有人了。"

"走开，白佬。"

"出去，犹太狗。"

但是他仍然向莱文的那张桌子走去，他蹒跚走过之处，人群为他闪出一条道来。

"莱文先生，"他声音颤抖地说，"我是马尼斯彻维兹。"

莱文醉眼惺忪地看了他一眼："说吧，孩子。"

马尼斯彻维兹打着哆嗦，他的腰痛病又发作了，脚抖得更厉害。他向四周看了一眼，人们都竖着耳朵等着听他说话。

"我得请你原谅，我想找个僻静的地方和你谈。"

"说吧，我可是个口风很严的人。"

贝拉尖声笑道："算了吧，小伙子，你可别逗啦。"

马尼斯彻维兹感到十分烦恼，真想跑开，但是莱文开口了：

"请说说你来此的目的，向你最信任的人说出来吧。"

裁缝舔了舔干裂的嘴唇："你是犹太人，我相信。"

莱文站起身来，有些火了："还有没有别的要说？"

马尼斯彻维兹的舌头好像是一块石板。

"要么现在说，要么永远也不要再说。"

眼泪遮住了裁缝的眼睛。还有这么审讯人的吗？难道他真该相信这个半醉的黑人是天使吗？

这时一片肃静，一点声音也没有。

马尼斯彻维兹回忆起他年轻时的情景，就像一只轮子在头脑里转个不停：相信，不相信；是，不是；是，不是。指针指向了是，指向是与不是之间，指向不是，不，那是是。他叹了口气。它在动，但是人们总得做个选择。

"我想你是上帝派来的天使。"他说这话时有些不连贯，心里想如果你说了，那就是说出来了。如果你相信，那你就一定要说出来。如果你相信了，那你就是相信了。

这种沉默被打破了。大家都谈了起来，但是音乐又响起来了。他们又去跳舞了。贝拉有点厌了，拿起扑克牌，给自己发牌。

莱文流下了眼泪："你真让我丢脸。"

马尼斯彻维兹向他道歉。

"等一会儿，我去梳洗一下。"莱文进了卫生间，出来时又换上了他那套旧衣服。

他们走时，谁也没有和他们说再见。

他们乘地铁来到那座公寓，当他们来到楼上后，马尼斯彻维兹用拐杖指了指他的门。

"一切都已关照了，"莱文说，"你进去吧，我要飞了。"

一切就这么快地结束了,他感到有些失望,但出于好奇心,还是跟随这位天使又上了三层楼,来到屋顶,当他们到屋顶时才发现门已上了个挂锁。

幸好他可以从一个缺少玻璃的窗子向外看。他听到一个十分奇怪的声音,好像翅膀扑打的声音,当他尽力想把头探出去扩大一下视野时,他敢发誓他看到一个黑影借助一对有力的黑翅膀腾飞起来。

一根羽毛飘落下来。马尼斯彻维兹喘气的时候,它又变成了白色,但是那只是在下雪。

他又冲下楼去。在公寓房间里,芬妮正在用除尘的干拖把清理床下,又用它把墙上的蛛网清除掉。

"太棒了,芬妮,"马尼斯彻维兹说道,"相信我,到处都有犹太人。"

一九五五年

瞧这把钥匙

罗马,一个秋高气爽的日子,卡尔·施纳德离开房屋中介所的办公室。他想租一套公寓,但是找了一个上午也没有什么结果,十分沮丧。他沿着维纳托街走着,对这座他梦中都向往的城市很不满意。他本是哥伦比亚大学的研究生,是专攻意大利研究的。罗马一直是个令人感到惊奇的城市,这次却给了他一个令人不愉快的惊奇。自从结婚以来,他还是第一次感到这么孤独,甚至发现他居然对街上从身边走过的可爱的意大利女人都产生了欲望,特别是那几个似乎挺有钱的女人。他感到他做了件天大的傻事,身上没带几个钱就跑到这儿来了。

春天的时候,他曾申请富布赖特奖学金[①],但未获批准,他的心里就一直很不平静。后来他决定去罗马,去找第一手材料来完成他以意大利文艺复兴运动为题的博士论文,并同时欣赏意大利风

---

① 富布赖特奖学金是美国政府设置的教育资助金,申请者须有学士学位,并提交一份一年内能完成的学习计划或项目报告。

光。这时，他的心情就好多了。这个计划这几年来就成了他的一种美好的期待。诺玛认为他简直是疯了，居然想带着不满六岁的两个孩子，还有他们的全部积蓄三千六百美元（其中大部分是她挣来的）到异国他乡去。可是卡尔说人的一生总要做那么一两件与众不同的事，否则就会碌碌无为。他今年二十八岁（但显得比较老），她三十岁，不趁现在走，更待何时呢？他是充满自信的，因为他懂意大利语，完全可以心满意足地在那儿住上一段时间。诺玛还是心存疑虑。但她也一直没有说什么，后来她的寡母答应为他们付路费，她才明确表示同意，当然心里也挺不是滋味的。

"报纸上说罗马的物价高得吓人。天晓得，我们就靠这么几个钱应付得了吗？"

"我们得不时地把握住时机呀。"卡尔说。

"最关键的是两个孩子。"诺玛回答说。但她还是没放过这个机会，匆匆地动身了。那是十月十六日，二十六日就抵达了那不勒斯，而且马不停蹄地立刻赶到了罗马，期望着快快找到公寓，以节省些钱。本来诺玛想去卡普里岛看一看，而卡尔也想去庞贝城走一走，但都放弃了。

在罗马，卡尔在交往上没有什么语言障碍，别人也听得懂他的话，可是在想很快找到个便宜且设备齐全的公寓时却遇到了麻烦。他们想找一个有两个卧室的房子，卡尔就在他们的卧室工作，或者找一个一间卧室但有个较大女仆用房的公寓也可以，孩子可以在那里睡觉。但是他们走遍了全城也没有找到既便宜又像样的地方。他们可以付月租金五万到五万五千里拉，因为这就相当于九十美元了。除了特拉斯蒂维尔那些根本无法居住的地区以外，卡尔走了好几个房租不太贵的地区，但那里的房子总有些让人无法接受的问题：没有供暖设备，家具不齐全，甚至有时连自来水都没有，或没有必需的卫生设备。

更糟的是，在他们住进一个又黑又小的膳宿旅馆的第二周，孩子们就病倒了，小迈克一天夜里就上了十次卫生间，克里斯廷发烧，高达华氏一〇五度①。诺玛怀疑这儿的牛奶没消毒，或者是这个小旅馆卫生条件太差。所以她建议换到一个大旅馆里去。在克里斯廷的烧退了一些之后，他们搬进了一个叫索拉-凯希里娅的次等旅馆，这个旅馆是卡尔的一个熟人介绍的，他已经获得了富布赖特奖学金。这是一栋四层楼的建筑，里面全是高高的天棚，方箱一般的屋子，卫生间在楼厅里，但价钱比较低。这里唯一的好处就是离纳瓦涅广场很近，那是一个十七世纪的广场，十分可爱，四周是一圈美丽如画的酒红色的高大建筑。广场内有三个喷泉在喷水，卡尔和诺玛很喜欢这里的喷泉以及雕塑。但是不久他们就不以为意了，

---

① 约40.5摄氏度。

他和诺玛带着孩子在这儿散步时,对它们已是熟视无睹了。他们心情很不好。日子一天天过去,他们还是没有找到合适的安身之所。

一开始,卡尔不想通过房屋中介所,因为通过他们要交每年房租金的百分之五作为佣金;但是后来他不得不去找他们时,他们说现在太晚了,没有那么便宜的公寓了。

"你应该在七月份来。"一个代理人说。

"可我刚来到这儿。"

他把双手一摊,说:"我是相信奇迹的,可是谁能创造奇迹呢?"他建议他们花上七万五千里拉去住一些舒适的公寓,像其他美国人那样。

"可我付不起呀,这还不算取暖费呢。"

"那就得先住在旅馆里等冬天过去再说了。"

"谢谢你们的关心。"他离开了那里,心里很难受。

不过,他们还是有时打电话给他,让他去看一看偶尔出现的"奇迹"。有一个人带他去看了一座非常令人愉快的公寓,从上面可以俯瞰下面的一个什么亲王的花园,也可能是别的什么人的花园,反正很像样的。而租金才六万里拉,要不是他现在的邻居劝阻他,他可能就已经租下了。这位邻居在那儿住过,他不相信那个代理人,因为那座公寓是用电来取暖的,也就是说,除了六万里拉房租金外,他还得每月再付两万里拉的电费。另一个"奇迹"是那位代理人的表兄推荐的，那是玛格塔大街上的一个单人间，租金是四万，那位女中介人还不时给诺玛打电话，告诉她在帕里奥利街有一幢非常好的公寓：一共七个房间，有三间卧室，双套卫生设备和厨房设备，而且是美国式的，带有冰箱，车库……对一个美国家庭来说，简直是太理想了，租金是二十万。

"请不要再说了。"诺玛说。

"我都快疯了。"卡尔说。时间如此一天天过去，几乎快一个月了，他感到有点受不了了。他的工作还根本没有开始。而诺玛每天就在这个没有暖气、乱七八糟的屋子里待着，或给孩子洗洗衣服，也很不愉快。上个星期旅馆的费用单据已经来了，两万里拉，而且每天还要花两千里拉吃饭，吃得也很差。诺玛还常常用带来的电热锅给孩子们弄吃的。

"卡尔，我看我得去工作。"

"我可不愿意看你去工作，"他说，"一点乐趣也没有。"

"我要什么乐趣？我看除了娱乐场都没什么乐趣。"她后来提议去租一个没有家具设备的公寓，他们自己打造一些家具。

"我上哪儿去找工具？"他说，"再说，在一个铺大理石地板都比铺木地板便宜的国家，木材得是个什么价？何况我每天装修房子，谁又替我读书？"

"好了，"诺玛说，"就当我没说。"

"要是租一个七万五千里拉的地方，我们只待五六个月怎么样呢？"卡尔说。

"你的课题研究能在五六个月里完成吗？"

"完不成。"

"我想我们到这儿来主要是为了你的研究。"不然的话，诺玛连意大利这几个字都不要听。

"好了，不说了。"卡尔说道。

他感到一筹莫展，后悔不该来到这里，而且让老婆孩子一块来遭罪。他不明白为什么事情会如此不顺利。他怨完自己之后又怨那些意大利人。他们趾高气扬，冷眼旁观，对他的困境漠然无视。他不能用他们自己的语言与他们交往。无论是什么事，他都无法让他们说出真实情况，也无法唤醒他们的同情心。他感到他的计划、他的希望正在化为泡影。如果他们再找不到一处公寓，他会对意大利完全失去兴趣。

在波塔-宾希亚那街的一个电车站附近，卡尔感到有人拍了一下他的肩膀。回头一看，他看见一个胡子乱蓬蓬的意大利人，手里拎着一只破旧的公文包，站在阳光下的人行道上。他的头发也是乱蓬蓬的。他的目光很和善，没有那种伤心忧郁的神情。他穿着白净净的衬衫，领带很糟糕，黑色的夹克衫从后面看上去有点短，粗布裤子，多孔的尖头皮鞋擦得挺亮，但是这应该是夏天穿的鞋子。

"请原谅，"他勉强地笑着说，"我叫维斯科·比维拉库，你是不是需要个公寓？"他的英语发音不太标准。

"你怎么猜到的？"卡尔问道。

"我跟着你来着，"他用手比画着说，"你离开房屋中介所的时候，我就跟了出来，我也是搞中介的。我很愿意帮助美国人，他们都很好。"

"你是个房屋中介人？"

"一点不错。"

"你说意大利语吗？"①

"你说意大利语？"他感到有点失望，"但不是意大利人？"

卡尔告诉他，他是学习意大利历史和文化的美国研究生，学了几年意大利语。

比维拉库解释说，尽管他没有正规的办公室，甚至连辆汽车也没有，但他也设法搞到了一些其他房屋中介所都没有的房源资料。他说，这些都是他的一些朋友提供给他的，因为他们知道他要干这一行。他们所住的公寓如果最近有了空房，就会告诉他。当然，对于他们的劳动，他也要给点酬劳的。他接着说，那些房屋中介部门

---

① 这句是用意大利语说的。

心太黑，居然要总租金的百分之五作为劳务费，而他才收百分之三。他收得少当然也是因为他的花费低，他说，还因为他对美国人有特殊的感情。他问卡尔需要几个房间的公寓，能付多少租金。

卡尔有些犹豫，这个人虽然看上去挺和善，让人挺愉快的，可是他做中介是否可靠，而且他有没有许可证还不得而知。他也听说过关于江湖骗子之类的传闻，所以打算说他对此不感兴趣，但看到比维拉库那恳求的目光，话到了嘴边又咽了回去。

卡尔盘算了一下，这不会让他有什么损失，还很有可能他手头正有他感兴趣的房源。于是，他就告诉这个意大利人他想租什么样的房子，能付多少租金。

听到这话，比维拉库立刻来了精神，忙问："你打算住在哪个区域？"他说话时充满了感情。

"地方倒无所谓，只要房子好一些，"卡尔用意大利语说道，"当然也不要太好的。"

"不去波里奥利区？"

"就是不去那里，那里的人是不靠租房过日子的。"

比维拉库把公文包夹在两膝之间，把手伸到衬衫的口袋里摸了起来。他从里面掏出一张薄薄的纸，叠了一下，皱着眉头，读了读上面的一些铅笔字，过了一会儿又把它塞回衣袋里，接着又拿起公文包。

"把你的电话号码给我留下,"他用意大利语说,"我得回去看看我其他的单子上有没有适合你的,我再打电话给你。"

"听着,"卡尔说,"你要是有现成的地方咱们就谈,如果连个谱儿都没有,可别浪费我的时间。"

这话好像有点伤害了他。"我可以向你保证,"他把一只大手放在胸前,"明天就让你住进公寓。如果我要骗你,我就不是我娘养的。"

他在一个小本子上记下了卡尔的住处。"我明天下午一点钟准时过去,带你去看绝对让你满意的房子。"他说道。

"明天上午行不行呢?"

比维拉库面有难色。"我只能在下午一点到四点这段时间有空。"他说以后他会延长工作时间的,卡尔想他一定是一个低收入的职员,利用午睡这段时间做点房屋中介工作来做补偿。

他说他在下午一点钟等他。

这时比维拉库的表情很严肃,看来他是在认真地听他说话,然后向他鞠个躬,就走开了。他看着那双鞋子,感到有些滑稽。

他来到旅馆时是一点五十分,头上戴着一顶黑色的小浅顶软呢帽,头发上抹了一些润发膏,不再乱蓬蓬的了,可是那头膏的味儿整个大厅都闻得到。卡尔在大厅的服务台旁边等候着他,都有些不耐烦了,怀疑他是否还能来。就在这时比维拉库提着公文包急匆匆跑了过来。

"准备好了吗?"他上气不接下气地问道。

"不到一点钟就准备好了。"卡尔答道。

"唉,这就是因为我没有自己的车呀,"比维拉库解释道,"我乘的那辆公共汽车车胎瘪了。"

卡尔看了看他,但他的脸上毫无表情。"好吧,我们走吧。"这位研究生说。

"我有三个地方可以供你选择。"比维拉库报出第一个地方,一个两居室的公寓房,租金才五万里拉。

在公共汽车上,他们手拉住皮带扶手,车里人很多。这个意大利人不时地踮起脚尖,看一看他们到了哪一站。他两次问卡尔现在几点了。每当卡尔告诉他时间时,他总是叨叨咕咕地说些什么,但声音极低,几乎听不到什么。过了一会儿,比维拉库兴致勃勃地问道:"你认为玛丽莲·梦露怎么样?"

"我对她并不在意。"卡尔答道。

比维拉库有些不解:"你不看电影吗?"

"偶然看看。"

这位意大利人对美国电影发表了几句评论,看来他对美国电影挺着迷。"在意大利,他们净让我们看些我们身边的事。"他又沉默下来。卡尔注意到他的手中拿着一个木雕驼背小人，头戴一顶高帽。他的拇指不断地在那上面摩擦着，是在祈祷好运。

"为我们两个都祈祷。"卡尔心里想。他仍是忐忑不安的，有些担心。

但是他们在第一个去处就运气不佳。在大铁门后有个淡黄色的大楼。

"是三楼吧？"卡尔不高兴地问道，他已经认出这里他曾经来过。

"一点不错，你怎么会知道？"

"我看过这儿的房子。"卡尔没精打采地答道。他记得他是从广告上看到这个地方的，如果比维拉库也是从这个渠道得到这个地点的，那他们也该撤回去了。

"这儿有什么不好，让你没相中呢？"意大利人问道，语气里听得出有点失望。

"取暖不行。"

"那怎么可能呢？"

"这里只是在起居室有一个煤气取暖器，卧室里没有。这个楼原打算九月份装暖气设备，可是由于暖气管道的价格上涨了，合同也就作废了。我有两个孩子，我不想在冷屋子里过冬。"

"一群蠢猪，"比维拉库咕哝着说，"那个看门的还说这里的暖气是一流的呢。"

他又拿出那张纸看了看："我在帕拉蒂区有个地方，两间漂亮的卧室，起居室和饭厅在一块的。厨房里还有冰箱，是美国式的。"

"报上登过广告没有？"

"绝对没有。这个地方是我表弟昨天夜里才告诉我的，但租金是五万五千里拉。"

"我们还是先看一看再说吧。"卡尔说道。

这所房子比较旧了，原来是个别墅，现在隔成了公寓。房子对面是个小公园，里面有些松树，高高的，挺适合孩子们玩的。比维拉库找到了看门人，他带他们上了楼，一路上对这个公寓赞不绝口。尽管卡尔一眼就发现厨房的水池上没有热水管，用热水得去卫生间取，但总的来看，还是可以的。但到了卧室，他发现一边的墙是潮湿的，而且有一股难闻的气味。

看门人立刻解释说这是水管坏了洇湿的，这个星期就会修好。

"但是闻起来好像是下水管道坏了。"卡尔说。

"不过他们说这个星期就来修好的。"比维拉库说。

"可我不能在这种气味中生活一个星期呀。"

"你的意思是对这幢公寓不感兴趣？"这位意大利人有点发愁地说。

卡尔点了点头。比维拉库脸色显得不太高兴。他擤了一把鼻涕，他们离开了这所房子。到了外面，他恢复了平静："这年头你连你妈说的话都不要相信。我今天上午还打电话给这个看门的，他起誓说这个公寓是无可挑剔的。"

"他一定是和你说着玩的。"

"都没什么两样。我还有一个不一般的地方，不过我们得抓紧一点。"

卡尔随口问了一下在哪里。

这位意大利人有点不好意思，说："在波里奥利，那儿是最好的区域，这你是知道的。你的妻子想要交朋友可用不了走多远，那儿美国人很多。你要是对别的国家有兴趣的话，那儿还有日本人、印度人。"

"波里奥利，"卡尔嘀咕着，"租金是多少？"

"才六万五千。"比维拉库低着头说。

"才六万五千？不用说，这个价钱租来的地方和垃圾堆也差不了多少。"

"那个地方可的确不错——新房，除了一间小卧室之外，还有一间夫妻合用的大卧室，用具、设备一应俱全。厨房更不在话下，相当漂亮。你一定会很喜欢那个露天平台。"

"你去看过那个地方吗？"

"我和他家的女仆说过,她说房子的主人急着要把房子租出去。他们搬家了,是因为生意上的事。下周就到都灵去。那个女仆是我的老朋友。她说那个地方绝对是没话说的。"

卡尔琢磨了一下,六万五千里拉就差不多合一百五十美元。"好吧,"他过了一会儿说道,"我们去看看。"

他们乘有轨电车,又都找到座位坐下。比维拉库每到一站都向窗外看一看,有点着急的样子。在车上,他向卡尔讲述了他艰难的身世。他是十二个孩子中的第八个,这十二个孩子现在只有五个还活在世上。尽管家里吃饭时用桶装空心面条,可没有一个人是能填饱肚子的。他十岁就辍学去干活了。在二战中他两次受伤,一次是美军进攻时受的伤,一次是德军撤退时受的伤。父亲在盟军轰炸罗马时被炸死了,母亲也同样葬进了弗拉诺公墓。

"英国人还指定他们的轰炸目标,"他说,"而美国人则到处狂轰滥炸,可真显示出你们美国人有钱。"

卡尔说他对这样的轰炸感到抱歉。

"不管怎么说,我还是更喜欢美国人,"比维拉库说,"他们更像意大利人,性格开朗。我正是出于这个原因才爱帮美国人的。英国人太内向,他们说起话来嘴巴都张得不大。"他学着那种样子,紧闭着双唇发音。

他们快到欧几里得广场时,他问卡尔身上有没有带美国香烟。

"我不吸烟。"卡尔抱歉地说。

他耸了耸肩,走得更快了。

他带卡尔去看的房子在阿基米德大街。大街风景很吸引人,是沿一座小山盘旋而上的。路边一幢幢色彩鲜丽的公寓栉比鳞次,都带有长长的阳台。卡尔心里想要是能住在这里就好了。但这只是一闪念而已,他不会沉湎于这种思想的。

他们来到五楼,那个女仆来应门,她长得黑黑的,两颊毛茸茸的,她带他们走进干净整齐的公寓。

"是六万五千里拉,没错吧?"卡尔问她。

她说是的。

这里真是太理想了,卡尔又喜又怕,不停地祈祷。

"我说过你一定会喜欢的,"比维拉库搓着双手说,"今天晚上我起草合同。"

"我们看看卧室。"卡尔说道。

但是女仆首先把他们带到用木板铺起的露天阳台,去看城市的景致。那景色真叫卡尔激动:从古到今的各式各样的建筑尽收眼底,似乎看到了历史一步步向他走来,似乎听到了它严肃的脚步声。那一片屋顶如海洋一般,有平顶的,有尖形的,有圆形的,在这个背景下,圣彼得大教堂的穹庐般的圆屋顶金光闪闪。这真是一个神奇的城市,卡尔想。

"好了,我们看看卧室吧。"他说。

"是的,看卧室。"女仆带他们穿过两道门,走进了"洞房",里面宽敞,陈设讲究,中间有一对红木单人床。

"不错,"卡尔尽量掩盖着内心的喜悦说,"尽管我个人更喜欢双人床。"

"我也这么看,"女仆说,"不过你可以搬一张双人床进来。"

"这两张床也将就了。"

"但它们不会在这儿了。"她说。

"你说'它们不会在这儿了'是什么意思?"比维拉库听了这话连忙问道。

"这儿的一切家具一件不留,全都搬到都灵去。"

卡尔美丽的希望又一次肥皂泡一样破灭了。

比维拉库把帽子扔到了天棚,又落到了脚下,两手攥着拳头捶打自己的头。

女仆说她肯定已在电话中向他讲清楚了,这所房子是不带家具出租的。

他冲她吼,她也朝他叫。卡尔离开了屋子,这时已感到腰像断了一样痛。比维拉库在大街上赶上了他。已经四点过十五分了,他得赶回去上班。他手里拿着帽子,一路跑下山。

"我明天再带你去个顶顶好的地方。"他没有忘记回头叮嘱一句。

"你带着我的尸首去看吧!"卡尔说。

在回旅馆的途中,他让一场大雨淋成了落汤鸡。这年秋天雨水很多,但这只是第一场。

第二天一早,刚七点半,电话铃就响了起来。孩子们醒了,迈克在哭。卡尔正在为这一天发愁,他摸起电话。外面还在下雨。

"嗨。"

是比维拉库信心十足的声音:"我是在我的工作单位给你打的电话,我给你找到一处公寓,你要是愿意,明天就可以搬进去。"

"真是见鬼!"

"怎么啦?"

"你怎么这么早就打电话?把孩子都吵醒了。"

"对不起,"比维拉库用意大利语说,"我急着要告诉你一个好消息。"

"什么他妈的好消息?"

"我在蒙特萨卡罗附近给你找到一个公寓,绝对一流。有一间卧室,起居室与餐厅是合在一起的,里面有一只可作床用的长沙发。阳台是用玻璃门窗封闭的,可以当书房。还有一间小卧室是女仆用的。没有车库,反正你也没有车。价钱是四万五千,比你想象的低得多。这处公寓在一楼，外面有小花园，孩子们可以在里面玩。你的太太要是见了非乐疯了不可。"

"我也会疯的，"卡尔说，"有配套家具吗？"

比维拉库咳了咳说："当然有。"

"当然有。你去看过吗？"

他清了清喉咙："还没来得及。这是我刚刚发现的地方。是我们办公室的秘书加斯帕里太太刚刚告诉我的。那处公寓就在她家楼下，她要做你的邻居那可是没有比的。我今天下午一点十五分准时到你的旅馆去。"

"你也要有点时间，就两点钟吧。"

"你到时候可得准备好。"

"是的。"

当他挂上电话时，他那种忧虑心情更加重了。他害怕离开旅馆，就向诺玛如实说了情况。

"这回你要是愿意，我也去吧？"她问道。

他考虑了一会儿，但是说不。

"可怜的卡尔。"

"'伟大的冒险'。"

"别愁眉苦脸的，这让我难过。"

他们在屋里吃早饭：茶、果酱面包、水果。他们都很冷，但是

083

不会有暖气，门上有张卡片，上面说暖气要到十二月才供应。诺玛给两个孩子穿上了毛衣，他们俩都有点感冒。卡尔打开书，可是怎么也看不下去，没有工作。诺玛打电话给那个女中介人，她说如果有什么新的情况她会给她打电话的。

一点四十分，比维拉库从旅馆的厅里打来了电话。

"这就下来。"卡尔说，他的心情很沉重。

意大利人穿着一双湿鞋站在旅馆门口。他手里拿着那只公文包和一把直往下滴水的大雨伞，他把帽子落在了家里。虽然淋了雨，他的头发还是直挺挺地立着。他看上去真有点可怜。

他们离开了旅馆。比维拉库在卡尔旁边快步走着，尽量让这一把雨伞为两个人遮雨。在纳冯广场，一位妇女正在雨中给十多只无主的猫喂食。她把一张报纸铺到地上，那群猫正在抢着吃昨天夜里剩下的空心面条。卡尔见此情景更有一种他乡沦落的孤独感。

有人从窗子里扔出一包剩食，打到了他们的伞上，纸包撞到伞上散开了，里面的东西溅落一地。一张白脸出现在三楼的一个敞开的窗口，他用手指着那群猫。卡尔冲他摇一摇拳头。

比维拉库还在神情惨淡地叙述着他自己的遭遇："八年的艰苦工作，我才从一个月的三万里拉提到五万五千里拉。可我们办公室坐在我左边的那个笨蛋，就在门口的桌子那儿一坐，给那些打电话的人安排一下和老板的见面时间，就挣四万里拉外加不少的小费。

如果让我坐到那个位置上，我能挣比他多一倍的钱。"

"你想过换工作吗？"卡尔问。

"当然想，可是换什么工作也不可能一开始就给我现在的这个数呀！何况现在有不下二十个人都眼巴巴地盯着我这个差事呢，就是拿我现在一半的工资他们都愿意。"

"真是够艰难的。"卡尔说。

"每一小片面包都有二十个人在张着嘴等着。你们美国人可真是够幸运的。"

"从这个角度讲倒是如此。"

"那从哪个角度不幸运呢？"

"我们美国没有这么多的广场。"

比维拉库耸了耸肩："你会责备我，说我总想提薪晋级的事吗？"

"当然不会。我希望你能如愿以偿。"

"我也希望所有的美国人能如愿以偿，"比维拉库郑重其事地说，"我愿意帮助他们实现愿望。"

"我也希望所有的意大利人能够如此，并祈求他们让我能在他们中间生活一段时间。"

"今天这一切就会搞定。明天你就可以搬进去，我从骨子里就感到今天运气不错，我的老婆昨天还吻了圣彼得的脚趾。"

交通很拥挤，甲虫般的小汽车一辆接着一辆，黄蜂牌的、菲亚特牌的、雷诺牌的,这些车在他们身边鸣着笛,发动机隆隆地响着。它们谁也不肯慢下来,让他们过去。他们只好插空冒险穿过马路。到了汽车站,一群人见到车刚停靠过来,就一拥而上把车门围得水泄不通。车已启动,后门还开着,有四个人就挂在车门口,脚踩着车里的脚踏板。

在时代广场我也干过这类的事,卡尔想。

又过了半个小时,他们从公共汽车下来以后走了一会儿,就来到了一条宽阔的大街,街的两侧有一排树,比维拉库指着一幢黄色的公寓建筑,就在他们走的这条街的拐角处。它的四周都是露天阳台,矮墙上放了许多花盆,还有一些石制花盆,里面的常春藤一直垂到墙下。卡尔不敢奢望会住到这样的地方。

比维拉库小心翼翼地按响看门人的门铃。他又开始不断地摩挲着那个小木偶人。一个身穿蓝色工作服的极粗壮的人从地下室中走了出来。他的脸膛又大又宽,唇上长满了黑黑的短须。比维拉库把他们要看的那间公寓的号码递给他。

"啊,这个我可帮不了忙,"看门人说,"我没有钥匙。"

"我们又白来了。"卡尔嘀咕着。

"要耐心些。"比维拉库安慰着说。他同看门人用当地的口音说了一通,卡尔根本听不懂,看门人也用同样的口音说了一通。

"上楼吧。"比维拉库说。

"上楼去哪儿?"

"去我和你说过的那个女人那儿,就是我们办公室的秘书,她住在楼上,我们可以舒舒服服地坐等拿到钥匙。"

"钥匙在哪儿?"

"看门人也说不准,他说这是一个什么女伯爵的公寓。但她是让她的情人住的,可她现在决定结婚了,所以就让这个情人搬走,但钥匙还在他的手里。"

"真够简单的了。"卡尔说。

"看门人可以给女伯爵的律师打个电话,律师对她的事都要管的。他们打电话这工夫,我们可以在加斯帕里太太家等着,她会给你冲一杯美国咖啡。你也会喜欢她的丈夫的,她丈夫在一家美国公司工作。"

"先别管喝咖啡的事了,"卡尔说,"我们有没有办法先看看那个房子?这样我也知道值不值得等。既然是在底楼,我们可以从窗户往里面看一看。"

"窗户里有百叶窗帘挡着,只能从里面才能打开。"

他们去了秘书的家。她三十岁上下,皮肤浅黑,腿长得很漂亮,可是一笑就可以看出牙长得不好。

"那个公寓值不值得看一看?"卡尔问她。

"和我这套是一样的,就是多一个花园,如果你愿意可以看看我这一套。"

"如果允许的话。"

"请吧。"

她领着他看了看几个房间。比维拉库坐在起居室的长沙发上,那个湿的公文包就放在腿上,他打开公文包,从里面拿出一块面包,一边嚼着,一边思考着什么。

卡尔感到这套房子的确不错。建筑还挺新,是战后才建起来的,只有一间卧室,虽然这是个不足,但那可以让孩子们住。他和诺玛就在起居室的长沙发上睡,封闭的阳台做书房倒是蛮好的。他从卧室可以看到下面的花园,那里最适合孩子们玩耍。

"租金真的才四万五千吗?"他问道。

"一点不错。"

"带家具吗?"

"相当有品位的家具呢。"

"那为什么那个女伯爵不多要一些呢?"

"她有她的想法。"加斯帕里太太笑了起来。"噢,你看,"她说,"雨过天晴了,这是个好兆头。"她站得和他很近。

她这里面有没有什么名堂?卡尔想道,这时他想起她也要从比维拉库那个可怜的百分之三的佣金里分得一杯羹。

他感到他的嘴唇在动。他想不再祈祷,可是没有用。他刚刚祈祷完,新的一轮又开始了。这套公寓不错,花园很适合孩子,租金比他预计的还要低。

在起居室里,比维拉库在和看门人谈话。"他和律师接不上。"他垂头丧气地说。

"我来试试。"加斯帕里太太说。看门人把电话号码给了她,就离开了。她拨通了律师办公室的电话,他已经离开了。她又要了他家里的电话,但家里的电话占线。她等了一会儿之后又拨了起来。

比维拉库从公文包里掏出两只硬苹果,递给卡尔一只。卡尔摇了摇头。意大利人用削铅笔的小刀把皮削掉,之后就把两个都吃了。他把皮和果核都装进了公文包,扣上皮带。

"可能我们可以把门卸下来,"卡尔建议说,"把合页卸下来并不难。"

"合页是从里面上的。"比维拉库说。

"你要是强行闯入的话,"加斯帕里太太从电话机那儿也插上一嘴,"我怀疑女伯爵还能否把房子租给你。"

"我要是在这儿抓住那个情人,"比维拉库说,"我会把他的脖子扭断,说他偷了钥匙。"

"还占线。"加斯帕里太太说。

"女伯爵住在哪儿?"卡尔问道,"或许我可以坐出租车去一趟。"

"我想她最近已经搬家了,"加斯帕里太太说,"我以前有过她的地址,新地址我没有。"

"那个看门的是否会有呢?"

"兴许有,"她给看门人打了个内线电话,看门人还真有她的电话号码。可她的女用人说她不在家。他们只好再给那位律师打,结果还是忙音信号。这时卡尔有些捺不住性子了。

加斯帕里太太又给接线员打电话,让她按女伯爵的电话号码查一查地址。但是接线员说也只有旧地址,而没有新的。

"真是蠢透了!"加斯帕里太太说。她又给律师打。

"接通了,"她一面握着话筒,一面告诉他们,"你好呀,你这个死鬼。"她的嗓子里好像灌进了蜜。

卡尔听得出她在问律师有没有这套公寓的另配的钥匙,律师回答时竟用了三分钟。

她挂了电话才说:"他也没有钥匙,看来只有一把钥匙。"

"让这一切都见鬼去吧。"卡尔站起身来,"我还是回美国去吧!"

又下起雨来。一声响雷把天劈成了两半,比维拉库吓得站了起来,公文包掉在了地上。

"我告饶了,"卡尔第二天早晨对诺玛说,"给房屋中介人打电话,就说我们打算租七万五千的那种房子了。我们必须离开这种大杂烩的地方。"

"我们还是先和那个女伯爵说一下。我把我的困难告诉她，或许她会受点感动。"

"就是把你卷进去，也不会有结果的。"卡尔警告她。

"不管怎么说，总要打个电话呀。"

"我没有她的电话号码。我当时也没想去要。"

"那就找一找，在这方面你是在行的。"

他想打电话给加斯帕里太太，让她把女伯爵的号码给他。但转念一想，她现在已经上班了，他没有她工作单位的号码。他回忆了一下那座公寓楼的地址，翻开电话簿，然后打电话给看门人，向他打听女伯爵的电话号码和住址。

看门人一边吃着东西，一边接电话，他说："我待会儿给你打过去，你把你的号码给我。"

"何必这么麻烦呢？把她的号码给我不就得了吗？这会节省你的时间的。"

"女伯爵曾严格地要求我，不得把她的号码给陌生人。那些人总打电话骚扰她。"

"我不是什么陌生人，我要租她的房子。"

看门人清了清嗓子："你现在在哪儿？"

"在索拉-凯希里娅旅馆。"

"十五分钟后我打电话给你。"

"好吧,就照你说的办。"他把名字告诉了看门人。

四十分钟之后电话铃才响起来,卡尔拿起话筒,用意大利语说:"喂?"

"施纳德先生吗?"是个男子的声音,说的是意大利语,声音有点大。

"是的,请讲。"

"请让我自我介绍一下,"男子说,他的英语虽然有点异国人的口音,但是相当流利,"我是德·维克契斯。如果我能和你面谈一下,我将十分高兴。"

"你是房屋中介所的人吗?"

"不是,但我和女伯爵的那幢公寓有关系,我曾在那儿住过。"

"你就是有钥匙的那个人?"卡尔马上问道。

"是的,正是我。"

"你现在在哪儿?"

"就在你楼下的门厅里。"

"那就请上来吧。"

"对不起,如果方便,我想和你在这儿谈。"

"那我马上下去。"

"是那个情人。"他对诺玛说。

"我的上帝。"

他坐电梯迅速地来到楼下。一个瘦瘦的男子正在门厅里等候着。他穿着绿色西装和裤脚不翻边的裤子，大约四十岁的样子，脸庞不大，头发乌黑发亮，头上戴着一顶卡尔曾见过的那种棕色的帽子，角度稍稍有些倾斜。虽然衬衫的领子有点磨损，但总的来看是无可挑剔的。在他周围的空气里有一股古龙香水味。

"德·维克契斯。"他把身子一躬，他的脸上轻微带有痘痕，眼光有些闪烁不定的样子。

"我是卡尔·施纳德，你怎么有我的号码？"

德·维克契斯好像没有听见，说："我希望你在这儿能愉快。"

"我要是有个房子住一定会很愉快的。"

"说得对。不过你对意大利的印象如何？"

"我很喜欢这里的人。"

"这儿人太多，"德·维克契斯四下看一看，有些不安的神色，"我们可以在哪儿谈话？我的时间很有限。"

"啊。"卡尔说。他指了指一个小隔间，那是人们常在那儿写信的地方。"就在那儿吧。"

他们进了那间小屋，里面没有别人。

德·维克契斯在衣袋里掏什么东西，大概是香烟，结果什么也没有掏出来。"我不想耽误你的时间，"他开口了，"你想租昨天你看到的那套公寓，是不是？我也希望你能住进去，这房子相当不错，还有个小花园，里面种了些玫瑰，到夏天罗马天气热起来的时候，你会很喜欢它的，特别是晚上。不过，现在的实际问题是这样，你是否愿意再花点钱以取得入住权。"

"你是说钥匙？"卡尔明知故问。

"一点不错。说实在的，我现在手头拮据，再加上刚刚和一个最难缠的女人断了关系，精神状态很糟。这种情况你是可想而知的。我要出租的这个公寓相当漂亮，而且租金据我所知对美国人来说是不多的。这些对你来说是物有所值了。"他想笑一笑，但这个笑容却胎死腹中。

"我是个意大利方面的研究生，"卡尔说，他把实底和盘托出，"我把我所有的积蓄都投入到这次出国调研了，为了完成我的博士论文。而且我还有妻子和两个孩子要养活。"

"我听说你们的政府对你们这些富布赖特学者相当慷慨。"

"你不明白，我并没有获得富布赖特奖学金。"

"不管怎么说吧，"德·维克契斯用手指敲着桌子，"这把钥匙的价格是八万里拉。"

卡尔冷笑起来。

"你再说一遍。"

卡尔站起身来。

"价钱太高了吗?"

"那是不可能的。"

德·维克契斯紧张地搓搓眉毛:"好吧,既然并不是所有的美国人都是富人——你看,我也实际一点,那就减半。这比一个月的租金还要少呢,这样钥匙就是你的了。"

"谢谢。没门儿。"

"怎么? 我不太懂你刚才说的这个词的意思。"

"我付不起,我还得付中介人钱呢。"

"那就干脆别理他了。我告诉看门人一声,让你马上就搬进去不就得了吗? 你要是高兴,今天晚上就行。女伯爵的律师可以免费开租单。别看她对她的情人不够意思,对她的住户可是天使一般呢。"

"我倒想不理中介人,"卡尔说,"可是我办不到。"

德·维克契斯咬着嘴唇。"那我就要你两万五千,"他说,"这是到底的价了,不能再还价了。"

"不,谢谢。我不想成为行贿的一方。"

德·维克契斯站了起来,小脸绷得紧紧的,脸色有些苍白:"你们想尽办法收买我们——我们的选票,我们的文化,而你们反而厚着脸皮说什么行贿。"

他大步地走出了这间小屋,穿过门厅。

五分钟后电话铃又响了。"一万五千是我最后的报价了。"他的声音很粗。

"一分也没有。"卡尔回答说。

诺玛瞪了他一眼。

德·维克契斯把听筒砰地摔在电话机上。

看门人打来了电话。他说他到处都找遍了,但是没有找到女伯爵的住地。

"她的电话号码呢?"卡尔问道。

"她搬家之后就换了号码,现在我也记不清了,新的和旧的都混了。"

"听着,"卡尔说,"我要告诉女伯爵是你让德·维克契斯来为她的公寓的事找我的。"

"你没有电话号码你怎么告诉她?"看门人好奇地问,"她的号码也不在电话簿上。"

"等加斯帕里太太下班回来我可以问她,然后再打电话给女伯爵,把你的所作所为告诉她。"

"我都做什么了?请你清楚地告诉我。"

"你让她以前的情人,一个她想要甩掉的男人,从我这儿诈骗钱财,干些与她无干的事。"

"没有商量的余地吗?"看门人问。

"如果你要告诉我她的住址,我可以给你一个里拉。"卡尔发现他的语气越来越硬。

"多不要脸呀。"诺玛插嘴道,她正在水池那儿洗衣服。

"多一点不行吗?"看门人说。

"那要等我搬进去再说。"

看门人告诉了他女伯爵的姓和新地址,之后又叮嘱说:"可千万别说是谁告诉你的。"

卡尔向他保证不会出卖他。

他一路跑着离开旅馆,乘上出租车,过了台伯河,到了卡西亚路,这儿已是郊区。

女伯爵的女仆带他来到一个相当漂亮的地方,地上铺的是拼木地板,家具十分豪华,在卡尔等候的厅里有一尊女伯爵祖父的大理石半身雕像。过了二十分钟,女伯爵才露面。她已年过五十,相貌平平,头发是染成的金发,眉毛是黑黑的,衣服又短又紧,手臂上的皮肤都勒出了皱褶。但是她的胸部却很发达。她闻上去有种像玫瑰花园所散发的香气。

"请你一定要快些说,"她有些不耐烦地说,"我的事情太多,我正在准备婚礼。"

"女伯爵,"卡尔说,"很抱歉我如此冒昧地闯到府上,我和我的妻子急需租到一处公寓，我知道，您在特伦诺大街的那套公寓是空着的。我是学习意大利民俗和生活的研究生，我们到意大利已经一个月了，现在还住在一个三流的旅馆里。我的妻子很不高兴，孩子也都感冒了。我愿意出五万里拉租金，而不是你所提出的四万五千，只要我们今天能搬进去。"

"听着，"女伯爵说，"我可是出身名门，别想贿赂我。"

卡尔红了脸，忙说道："我没有别的意思，只不过想证明我的诚意。"

"既然如此，你就找我的律师，他负责我的房产。"

"他没有公寓的钥匙。"

"他怎么会没有？"

"钥匙在以前的住户那儿。"

"那个傻瓜啊。"她说。

"您是不是有后配的钥匙呢？"

"我从来不用后配的钥匙，我会把它们搞混，分不清哪把钥匙是哪个门的。"

"那我们配一把可不可以呢？"

"去问我的律师。"

"我今天早晨打电话给他，但他不在城里。我倒有个建议，女伯爵，我能否把一个窗子或者门撬开呢？我会负责修理费的。"

女伯爵把眼珠子一瞪。"当然不行,"她很气愤地说,"我从来不毁坏我的东西。这类事在这儿倒有不少。你们美国人不知道都干了些什么。"

"不过你要是有一个可靠的房客对你不也挺好吗?为什么要把房子空着呢?只要你答应,一小时后我就把租金送来。"

"两周之后再来,年轻人,我度完蜜月你再来。"

"用不了两个星期我可能都死了。"卡尔说。

女伯爵哈哈大笑起来。

在房外,他看见了比维拉库。他鼻青眼肿,一副狼狈相。

"原来你们出卖了我?"意大利人粗声说道。

"你说这话是什么意思?怎么叫'出卖'?难道你是耶稣基督?"

"我听说你去找了德·维克契斯,向他要钥匙,并打算不告诉我就搬进去。"

"这件事怎么可能不让你知道,你的朋友加斯帕里太太就在我上面住,我一搬,她就会告诉你,然后你马上就会赶来收取佣金的。"

"说得对,"比维拉库说,"我怎么没想到。"

"谁把你眼睛打青了?"卡尔问道。

"德·维克契斯,他有劲,个儿又高。我去公寓找他,跟他要钥匙。他把我臭骂一顿,我们打了起来,他一拳打在了我的眼睛上。你和女伯爵商量得怎么样?"

"不怎么样。你也是来见她的吗?"

"有点那个意思。"

"进去求求她,让我今天就搬进去,看在上帝的分上,她同胞的话她可能会听得进。"

"可别指望我能办到。"比维拉库说。

那天夜里,卡尔梦见他们已从旅馆搬进了女伯爵的公寓,孩子们在花园里玩耍,在玫瑰丛中跑来跑去。早晨他决定去找看门人,告诉他只要他能给他一把新钥匙,他就给他一万里拉。他们怎么做他都不管。

当他来到那座公寓时,看门人和比维拉库已经在那儿了,还有一个没牙的老头跪在那里,把一根钩状的金属丝往门锁里塞,不一会儿,锁咔嚓一声打开了。

他们都松了一口气,走进屋里。他们一个屋一个屋地看了看,简直不相信自己的眼睛,这里都给毁了,一片狼藉。家具用钝斧子给砍碎了,沙发里的弹簧都露了出来。地毯也被剪成了碎片,书被扔得满地都是。白墙上泼洒了红酒,卧室墙上写了一些脏话,是用橘色口红涂上去的。

"我的妈哟。"没牙的锁匠轻声地说。看门人脸都变黄了,比维拉库哭了起来。

德·维克契斯穿着一身豌豆绿的西装,出现在门口。"喂,给你钥匙。"他用意大利语得意扬扬地说。

"嫁祸于人！"比维拉库喊道，"卑鄙的家伙！让你不得好死！"

"谁不让我好过，"他冲着卡尔说，"我也不会让他好过。我们这儿就是这样。"

"你胡说，"卡尔说，"我爱这个国家。"

德·维克契斯用力把钥匙掷过来，转身跑了。比维拉库两眼冒着怒火，一闪身躲过去了，钥匙打在卡尔的前额上，留下了一个永远抹不去的印痕。

一九五八年

怜 悯

戴维多夫，这位人口调查员，没有敲门就推开门，无精打采地走进房间，疲惫不堪地坐了下来，掏出笔记本打算开始工作了。罗森，曾做过咖啡推销员，形容消瘦，眼里露出绝望的神情，一动不动地盘着腿，坐在一张单人床上。这个房间是方形的，干净，但显得冷清。只有一盏昏暗的球形罩灯照明，房间里也没有什么摆设：一张单人小床、一把折叠椅、一张小桌、一个旧柜橱，没有上漆，也没有抽屉，因为没有人需要它；还有一个不大的洗脸池，架子上放着一块粗糙的、慈善机构送的那种绿色肥皂，在房间的另一头就能闻到它的气味。屋子里只有一个狭窄的窗子，一块破旧的黑色遮阳窗帘一直拉到窗台，这件事叫戴维多夫很不理解。

"你为什么不把窗帘拉上去呢？"他问道。

罗森终于叹了一口气："就让它那样吧。"

"那又是为什么呢？外面有阳光啊。"

"有谁需要阳光吗？"

"那你需要什么呢?"

"反正我不需要。"罗森回答说。

戴维多夫脸上露出不快的神色,匆匆地翻着那本笔记本,每一页上都密密麻麻地记满了东西,字迹十分潦草。他好不容易翻到一个空白页,想用钢笔在上面写字,可是钢笔又没有墨水了。他从坎肩的衣袋里掏出了一个铅笔头,然后用一片用废了的剃须刀片削了起来。罗森根本没在意他把铅笔木屑弄得满地都是。他看上去有些心神不定,好像在倾听什么声音,或寻觅着什么声音。戴维多夫心里很清楚,四下里什么声音也没有,除了他这位调查员有时不耐烦地提高嗓门问个话。罗森这时挪动了一下身子,似乎是证明他在听着。他好像正在琢磨怎么开口,可是又打住了,耸耸肩膀。

戴维多夫看着他的样子,没说什么。

"那我们就开始吧。"他点头示意道。

"谁知道从哪儿开始啊?"罗森两眼盯着拉得严严实实的窗帘,"他们知道这里就是开始之地吗?"

"别咬文嚼字了。"戴维多夫说道。

"就从你是怎么和她认识的开始吧。"

"你说的是谁?"罗森明知故问。

"她呀。"他有些生气地说。

"如果我尚未开始讲,你又如何已经知道她了呢?"罗森反问道，一副得意的神情。

戴维多夫有些厌烦了："你以前提起过的。"

罗森想起来了。他们在他刚到这儿的时候问过他一些问题，他脱口说出过她的名字。不过那只是听说的而已，而且谁也不能保证想记住的就都能记住。嗯，这倒是可以补救的办法——如果想要补救的话。

"我是在哪儿遇见她的呢？"罗森喃喃自语地说，"我在她常待的地方遇见她的——在一个后面的屋子里，那个墙上有一个洞。我也是为了打发时间才去那儿的，也许我每月要卖给他们半袋咖啡吧，这也不算什么生意。"

"我们对生意的事不感兴趣。"

"那你对什么感兴趣啊？"罗森模仿戴维多夫的腔调反问道。

戴维多夫的嘴紧闭着，神情冷漠。

罗森知道他们就要触到他的痛处了，所以就接着说下去了："那个丈夫大概四十岁，叫阿克赛尔·卡利什，是从波兰来的难民。他到了美国以后就像一匹瞎马一样闷头干活，攒了两三千美元。他用这笔钱从一个已去世的邻居那里盘下了那家店铺，可是生意一直不好。他给我们公司打电话要求贷款，公司就让我去和他见面。我为他极力美言，因为我很同情他。他有个妻子，叫艾娃，你们已经知道她了。她有两个可爱的女儿，一个五岁，一个三岁，是两个可爱的小宝贝儿，一个叫费佳，一个叫苏拉尔。我不想让她们跟着受罪。所以我当时就告诉他，一点也没隐瞒：'伙计，这样做不行，这个地方就是座坟墓，如果你不早点离开这里，早晚你会被埋葬在这儿的。'"

罗森叹了口气。

"后来呢？"戴维多夫到现在还一个字也没有记呢，他敦促这位推销员说。

"后来嘛，后来就没有什么啦。他没有离开那里。两个月后他才想要把店铺卖出去，可是没有人要买。所以就待在家里挨饿了。他们一天都不花一分钱，日子一天不如一天。你简直没法看他们的脸色。'别犯傻啦，'我劝他说，'申请破产吧。'可是他又不忍心看着所有的资金就这样全没了，同时也担心接下来找不到工作。'我的上帝，'我说，'干什么不行啊，当油漆工，给人看大门，收废品什么的。一定要等到家里人都饿成干尸才肯离开这里吗？'他最终接受了我的建议，可是还没等到把店拍卖出去，他就一命呜呼了。"

戴维多夫把这一点记了下来，接着问道："他是怎么死的？"

"在这方面我可不是专家，"罗森回答道，"这方面你比我在行啊。"

"我问你他是怎么死的，"戴维多夫有些不耐烦了，"直截了当地说。"

"他是因何而死的呢?——反正就是死了呗。"

"这个问题一定请你回答。"

"是突然发病了吧,就是这么回事。"

"发的什么病?"

"有什么病就发什么病呗。他当时正向我诉苦,说生活怎么艰难,然后就一把抓住了我的袖子,又说了些别的什么,这时候,他的脸好像变小了,然后就倒在地上,死了。他的妻子尖叫起来,两个小女儿也跟着哭起来。当时我心里也很难过。看到他躺在地上的样子,我心里也一阵难受,我对自己说:'罗森,和这个人说声再见吧,他死了。'我也这样说了。"

罗森从床上下来,在屋子里垂头丧气地转来转去,只是不靠近那个窗子。戴维多夫坐在唯一的一把椅子上,这位推销员就只好坐回到床沿,这多少让他感到不爽。他这时候极想抽一支烟,可是又不好意思向调查员开口。

戴维多夫这时也宽容地让他保持一段时间的沉默,自己却不耐烦地翻弄着那个笔记本。罗森故意不开口说话,像是挑逗这个调查员的耐心。

"后来发生了什么?"最后还是戴维多夫沉不住气了,开口问道。

罗森嘴里念叨着那天发生的事。"葬礼过后……"他停了下来,抿了抿嘴唇，又接着说，"他已经到另一个世界去了，可是他还留下了一千美元的保险金呢。葬礼后，我对艾娃说：'艾娃，你听我说，拿着那笔钱，带着孩子离开这儿吧。让赊售员把店铺接过去，到时候他们能得到什么呢？什么也得不到。'

"但是，她回答我说：'我能去哪儿呢？唉，我还带着两个没爹的孩子，她们的爸爸除了饥饿之外什么也没给她们留下。'

"'去哪儿都行啊，'我说，'投奔亲戚怎样？'

"她笑了，但是是一种想笑又笑不出来的苦笑：'希特勒把我的亲戚都带走了。'

"'那阿克赛尔呢？——没有个叔叔什么的吗？'

"'他什么人都没有，'她说，'我就待在这儿，就像阿克赛尔说的那样，用那份保险金进点货，再把店面装修一下。每周再把橱窗布置一下，会吸引一些新的主顾来的。'

"'艾娃，我的可爱的姑娘……'

"'我不期望成为百万富翁，我只想过好我的小日子，照顾好我的两个女儿。我还和从前一样就住在店铺的里屋，这样我既可以照顾店铺，又可以照顾女儿。'

"'艾娃，'我说，'你很漂亮，又年轻，才三十八岁，别把自己的一生就交代在这儿。也别把你死去的丈夫留下的那几个可怜的钱从马桶冲走了。请原谅我这么说。相信我，这种店铺的情况我再了解不过了。三十五年的人生经历让我一闻就闻到坟场的气味。还是到别的地方去找份工作吧。趁你还年轻,遇到合适的人把自己嫁了。'

"'不,罗森,我不,'她说,'婚姻对我来说已经过去了。有谁会娶一个带着两个孩子的寡妇呢。'

"'那倒未必的。'

"'这我是知道的。'她说。

"我从未看见过一个女人的脸色比我还难看。

"'不,'我说,'不。'

"'是的,罗森,是的。我一生中一无所有,一生就是受苦受难,我也不期待改善,这就是我的命啊。'

"我说不,她说是。我能怎么办呢?我是个只有一个肾的男人,而且更糟的是,唉,我真不想说了。我劝说她,可她根本不听,所以我只好不劝了。谁会和一个寡妇争辩呢?"

推销员抬起头看了戴维多夫一眼,但是这个调查员并没有看他,仍然问:"后来呢?"

"后来?"罗森嘲笑地说,"发生了会发生的事情啊。"

戴维多夫脸红了。

"发生的事就这么发生了,"罗森飞快地说,"她从批发商那里又进了各种各样的货,而且都是付现金的。整个星期,她打开一个个纸箱子往货架上摆放罐头盒子,听装的、瓶装的,还有大大小小的袋子。她还清理店铺,又是擦又是洗,地板还打了油,又用白色棉纸重新装饰了橱窗,一切都弄得像模像样的,可是又有谁来光顾呢?只有少数几个住在经济公寓里的顾客。他们什么时候来呢?都是在超市关门打烊后才到这里来买些忘了在超市里购买的小东西,像什么一夸脱牛奶啦,一角五分钱的奶酪啦,一小瓶午餐用的沙丁鱼罐头之类的小商品。不过几个月,货架上的罐头又都落满了灰尘,她那一千美元也用光了。她没有地方去贷款,只能来找我。我之所以能贷到款是因为我自己掏腰包按时还了利息。她当然不知道这件事。她拼命地工作,穿戴也干净利落,一心期待着情况好转。这样,渐渐地货架上的货也卖出去了。可是赢利呢?她们吃掉了啊。我看到那两个小女孩时,尽管她们什么也没有说,但我心里明白,她们脸色苍白,形销骨立,她们在挨饿。她守着货架上剩下的那点食品。一天晚上,我给她们带去一大块牛里脊肉,从她的眼神中我可以看出,她并不喜欢我这样做。可是我能怎么办呢?我也是人,也有一颗心啊!"

说到这儿,那位推销员哭了。

戴维多夫尽管也瞥见了,但装作没看见。

罗森擤了擤鼻涕,又继续讲下去了,但这时语调比刚才平静了许多:"孩子睡下后,我们俩摸黑坐在那店铺的后屋。再过四个小时就得打开店门迎接第一位顾客了。'艾娃,看在上帝的分上,逃离这里吧。'我说。

"'我无处可去啊。'她说。

"'我告诉你能去哪儿,别再对我说不。我是个单身汉,这你是知道的,我能自食其力还有节余,让我来帮助你和孩子。我对钱不感兴趣,健康才是我想要的,但是无处可买。我想告诉你我的打算。把这个地方交还赊售人,然后我们搬到一处能住两家人的房子里去。那房子是我的。楼上一层还空着呢。房租不用你付一分钱。这样你可以找一份工作。我再给楼下那个老太太一些钱,让她照看你的两个孩子——愿上帝保佑她们——直到你下班回来。你可以用你挣来的钱买食物。如果你需要穿的,还可以添几件衣服,或许还能剩几个钱呢。把剩下的钱攒起来,留作将来你结婚时用。你看怎么样?'

"她没有回答我,只是用那种眼光看着我,那眼光就像燃烧的火,就好像在说我是如何矮小、如何丑陋一样。这时我才第一次意识到:'罗森,这个女人不喜欢你。'

"'我非常感谢你,我的朋友,罗森先生,'她回答说,'我需要的不是慈善,我现在的生意是赚不到钱,但是形势好转以后我们会好起来的。现在的确不景气,不过,会好起来的,生意也会好起来的。'

"'你说谁在搞慈善?'我冲她吼起来,'什么慈善?这是你丈夫的朋友在和你讲话啊。'

"'罗森先生,我丈夫没有过什么朋友。'

"'难道你没看出我是在帮助这两个孩子吗?'

"'她们有妈妈呢。'

"'艾娃,你是怎么啦?'我说,'我一片好心怎么被当成驴肝肺了呢?'

"对此她没有回答,我胃里感到一阵不舒服,而且也有些头痛,于是我就离开了。

"整夜我都没合眼。突然,我意识到她是为什么而担心了。她担心我对她不是图钱财而是另有所图,她真是看错人了。不过,这倒叫我想到一些以前从未考虑过的事情。不如我现在就让她嫁给我。这样的话她没什么损失,我也可以在照顾自己的情况下也不费什么事地照顾了她们。费佳和苏拉尔也算有了父亲,我可以带她们去看看电影,给她们买布娃娃什么的。在我死的时候,我的投资和保险之类的也可以都归她们了。

"第二天我把这个想法和她说了。

"'艾娃,对于我自己来说,我不需要什么,绝对一无所求,而对你和两个女儿来说却可以得到一切。艾娃,你是知道的,我身体不好,是个病人。我告诉你这些,是想让你明白,我不会活得太

久，可是尽管还有几年，总还是有个家好啊。'

"她背对着我，什么也没有说。

"当她转过身来时，我见她脸色发白，嘴唇铁青。

"'不！罗森先生。'

"'为什么不呢？告诉我！'

"'我已经受够了病人。'她哭了起来。

"'我求你，罗森先生，回家去吧，'

"我已经没有力气再和她争辩下去了，只好回家去了。我回到家，头痛得厉害。那一天一夜我都感觉很不好。我腰疼，那一侧的肾已经摘掉了。我一支接着一支地吸烟。我努力想去理解这个女人，可是我百思不得其解。为什么一个女人宁可让自己和两个孩子挨饿，也不愿答应一个极力想帮助她的男人。天底下有这样的人吗？我这样做对她有什么不好呢？难道是我害死了她丈夫，让她对我如此仇恨？我一心想的都是对她和她的孩子的同情和怜悯，可我为什么就不能说服她呢？于是我又找到她，让她答应我帮助她们，可是她依然拒绝了。

"'艾娃，'我说，'你不想要一个病人，这我不怪你。这样吧，你跟我走，咱们去找个婚介所，帮你介绍一个体格健壮、身体健康的男人，让他来帮助你和孩子。我送你一份嫁妆。'

"她尖叫起来：'噢，这类事我不需要你来帮忙，罗森。'

"我不再说什么了。我还能说什么呢？她每天从早到晚地干活，拖地板，用肥皂刷洗货架，那几个罐头也擦了又擦，可是生意还是那么萧条。那两个小姑娘瘦得我都不敢看，从脸上都能看到骨头。她们看上去又虚弱又疲惫。小苏拉尔总是用两只小手拉着费佳的衣裙。一天我在街上看到她们，就给了她们几块蛋糕，可是第二天我再给她们一些别的吃的时，当然是背着她们的母亲的，费佳对我说：'我们不能要，妈妈说，今天是斋戒日。'

"我跑进店铺里，尽量轻声软语地说：'艾娃，我给你跪下了，在这个世界上，我是个无牵无挂的人，让我在死之前也做一件让我的心灵得到安慰的事吧。我再给你的铺子进一次货好吗？'

"你知道她这回做了什么吗？她痛哭起来。那个样子看起来还挺吓人的。哭完了，你知道她说什么了吗？她叫我滚开，再也不想见到我了。我真想抄起一把椅子砸她的脑袋。

"我回到自己的房间，感到浑身没力气，什么也不想吃。一连两天时间，我粒米未进，只吃了一小勺小孩吃的那种面条汤，喝了杯加了点糖的茶水。这对我来说当然很不好，我感到支持不住了。

"于是，我想到一个计策：我冒充是阿克赛尔在泽西的一位朋友，曾欠阿克赛尔七百美元，是十五年前在他还没结婚时借的。我说现在也还凑不齐这个数一起还上，但是可以每星期寄给她二十美元，直到还清这笔债。我写了这样一封信并把二十美元的纸币也放在信封里，交给我的一个朋友。这个朋友也是个推销员，我让他从纽约把信寄给她，这样她就不会怀疑是我干的了。"

让罗森吃惊的是，这时戴维多夫已经停下笔来不再记了。笔记本已经写满了，所以他把本子往桌上一推，打了个呵欠，但还在乖乖地听着。他的好奇心已经消失了。

罗森站起身来，用手指摆弄着那个笔记本，他想读一下那些歪歪扭扭的小字，可是一个字也不认得。

"这不是英语，也不是意第绪语，"他说，"会不会是希伯来语？"

"不是，"戴维多夫回答说，"这是一种他们今天已不再用的古老语言。"

"噢？"罗森坐回那张小床上，看上去他不需要再讲下去了，因为调查员也没再催促他。可是他感到还得讲下去。

"我还是说说那些信吧。"他慢条斯理地说。

"她打开了第一封信，然后就按信封上的地址把它寄回去了，再后来的信她连拆都没拆就原样退回了。

"'这，'我自言自语道，'倒是件怪事——一个不接受任何帮助的人——而我却一心想给予。'

"后来我就去找我的律师，我们一起写好了一份遗嘱，我所有的一切，我的投资、我名下的两处房子、所有的家具、我的汽车、存折上的每一分钱，所有的一切，在我死后尽归于她，而她死后归于她的两个女儿。我的保险金也按此处理。她们将是受益人。然后，我签好名就回家了。来到厨房，我打开煤气，把头扎进炉膛里。

"这回再让她说不。"

戴维多夫搔了搔满是胡茬的腮帮，点了点头。后来的事他都知道了。他站起身，没等到罗森制止他，他已经把窗帘无意地拉了起来。

天空一片暮色，一个女人站在窗前。

罗森扑通一下跳下床去看。

是艾娃，正用恼怒而又哀求的眼光盯着他。

她向他举起双手。

这位推销员也愤怒地晃动着拳头。

"你个婊子、杂种、骚货。"他冲她吼道。

"滚开，回家看孩子去。"

罗森再次把窗帘拉下来，这次戴维多夫没有去制止他。

监　狱

　　尽管汤米·卡斯蒂里不愿去想，但已二十九岁的他还是时刻感到生活的枯燥与乏味，简直叫人发疯。不仅是罗莎，还有他们那个只赚几个小钱的糖果店，或者是每天备受煎熬十几个小时的营业，以及每卖出一颗糖果、一包香烟、一瓶汽水所费的口舌，都叫他心烦。他的老毛病又犯了，所以才这么闹心，这种毛病在罗莎没把他的名字由托尼改成汤米之前就不止一次地出现过。他小时候叫托尼，那时他充满幻想，对未来有各种憧憬，尤其是想离开这个拥挤的经济公寓房区和满身长虱子的穷孩子们从早到晚吵吵闹闹的环境。可是没等到这些愿望实现，事情就变得越来越糟。十六岁那年他从一所培养制鞋工的职业学校退了学，开始和那些头戴灰色大檐帽、脚穿厚底鞋的孩子厮混在一起。他们有很多空闲时间，手中也有大把的零花钱。他们经常去附近的酒吧夜总会，在那里撒欢似的消费，向人炫耀，让人看得瞠目结舌。他们买银质的咖啡壶，后来又买电视机，开比萨晚餐会，把女孩们灌得烂醉。正是因为他们开着汽车胡闹，让一家酒店停了业。从那件事开始，一切麻烦也就接踵而至，一直造成他现在的样子。幸运的是，他们的房东是个外表看上去冷漠而内心很热情的人，他认得这个区的头头，他们把这件事给摆平了，后来也没有人再来找他们的麻烦。但是在他知道这一切之前，他给吓病了。他父亲和罗莎·阿基奈罗的老爹做了笔交易：托尼娶罗莎为妻，而老岳父则倾其所有帮他们开一家糖果店，让他们本本分分地过日子。他倒是不讨厌这个糖果店，只是罗莎实在长相平平，又干又瘦，一点也不对他的味。于是他离家出走了，去了得克萨斯州，在那里他到处流浪，走过不少地方。当他回来时，人们都认为他是为了罗莎和那个店铺才回来的。从那以后，他的一切都被别人安排着，左右着，他一声不吭地过下来了。

就这样，他们最终定居在这个村子的王子街，每天从早上八点钟开门营业，一直到半夜才关上店门。他每天只是在下午才可以到楼上小睡一个小时，还有每周四晚上店铺关门后可以多睡一会儿，或者去看场夜场电影。他已不再想入非非了。但是有时还是会花点小钱，到一家赌博公司开设在附近的赌场去玩轮盘，结果手气不错，在那儿共赢了五十五美元。他没有告诉罗莎这件事，想把它作为私房钱留下来。不过后来有报纸把这家赌场曝光了，那些赌博机一夜之间消失得无影无踪。一次罗莎去了她妈妈那里，他利用这个机会用那笔钱买了一台老虎机，他想只要能用得长久些，他们总会有钱赚的,他当然知道这事是瞒不住罗莎的,她回来时看见店里添了个老虎机非叫起来不可。所以,他必须有所准备,这回不和她急,不必两个人对着吼。他会慢慢地向她解释,说这和赌博不一样。因为不论谁玩机器都会吐出些钱来,尽管他只是往里面投放五分一角的硬币,再说,这台机器也会帮他们增加一些额外收入,也好买台电视机,这样他也不必再去酒吧看那些打斗片了。这次罗莎倒是真的没叫起来。可是后来她父亲来了,一进门就大喊大叫,口口声声说他是个罪犯,并且抄起管道工用的大锤把它砸成了两截。第二天警察也来到社区查访赌博机的事,声言只要他们发现哪里有赌博机就要传唤机器的主人。实际上,在这个社区只有他们一家小店,而且这里并没有赌博机。他为这个老虎机的事郁闷了好一阵子。

每天上午是他最美好的时光,因为罗莎一直会待在楼上洗洗涮涮的。中午以前这个店里顾客很少,他可以一个人坐在公共喷泉的台子旁,嘴里叼着根牙签,浏览一下《新闻报》和《镜报》,或者偶尔有从前那帮酒吧朋友路过这儿买包香烟,可以顺便和他们坐一会儿,一边喝咖啡一边聊聊天,说说那天赛马的事,谈谈他们下了多少钱的赌注什么的。他们还谈到投资到老虎机上的五十五美元最终能挣多少钱。一个上午就这样过去了。但是自从那台老虎机被砸了以后,他感到一点生气也没有了,生活就像一潭发臭的死水,时间在他心里已经失去了生命的意义。整个上午,他所想的只是下午可以睡上一觉，可是当一觉睡醒时，那些关于铺子的令人不快的记忆也都随之醒来了。别人都在做着自己特别喜欢的事。他诅咒这个该死的铺子，诅咒罗莎，诅咒这自始至终不快乐的生活。

就在这样的一个无聊的下午，从街区那头来了一个十岁左右的小女孩，她要买两卷棉纸，一个要红色的，一个要白色的。他真想说见你的鬼去吧，这点小东西别来烦我，可是，尽管满脸不高兴，他还是到里面去给她取了。那是罗莎想出的主意，在后面存了一些货。后来他已经习惯了，因为那个小姑娘自夏天以来每星期一都来买同样的东西。她的母亲脸上全无表情，一副十足的寡妇相。她大概要照顾一些放学后家里没有成人看管的学童，给他们买些棉纸做剪纸玩。他不知道这个小女孩叫什么名字，但她长得很像她的母亲，只是五官不像她母亲那样棱角分明。她的皮肤很白，眼睛很黑，长得明显是一副娃娃脸，这种娃娃脸到她二十岁左右时会更明显。他注意到当他去里面取纸时，她总是向后退缩，好像躲避黑暗似的。尽管他在那里放了一些连环漫画，大多数孩子都不让他们靠近。当他取回纸时，他看到她的脸色显得更白了，眼睛也更亮了。她总是把两枚攥得发烫的十美分硬币放在他手上就头也不回地转身离去。

罗莎是个谁也信不过的人。她在后墙上挂了一面镜子。这个星期一上午，当汤米打开抽屉给小女孩取纸时，他总感觉有些不对劲，他抬头从镜子里看到的情景让他好像处在梦境中一样。小女孩不见了，但是他看到一只小手伸进了糖果柜里，拿到一条巧克力，正在去拿另一条，然后从柜台后面又跑到前面，若无其事地站在那儿等着他。一开始他真想冲过去，一把抓住她的脖子，一拳打过去，直到她交出所偷的东西。这时，突然一个念头制止了他，就像以前他经常走神一样，他想到了他的多姆叔叔。多年以前，在他还没离家出走的时候，多姆常常带着他（那时他还叫托尼）而不带其他孩子到羊头角的海湾去捉蟹子。有一次他们是夜里去的，他把放好饵料的网扔进水里，过了一会儿，把网拉起来的时候，里面有一只绿色的龙虾。就在这时走来一个胖脸的警察，他告诉他们如果这只龙虾不足九寸就必须把它放回海里。多姆说它足有九寸长了。但警察说你别自作聪明，所以，多姆用尺一量，龙虾竟有十寸长。那天晚上，他们关于这件事笑了好久。他还记得多姆离开时他是多么难过，眼里充满了泪水。他想到自己是怎么走到今天这个地步的，他又想到那个小姑娘，她还那么小，不能就从此背上小偷的名声。他感到他应该为她做点什么，告诉她在尚未被抓起来之前就此住手，不要在人生还没有真正开始的时候就把它给毁了。他想这么做，这种感觉很强烈。但是当他来到她面前时，她有些吓坏了，因为他在她面前站得太久了。她眼神里透出的恐惧让他很不安。他什么也没说出来。她把两枚硬币塞到他手里，一把抓起两卷纸就跑到了店铺外面。

他不得不坐下来。他想要和小女孩谈话的冲动没有了。但是当他再次想起这事时，那种欲望却更强烈了。他反复问自己，她偷了糖果又怎样，她已经偷了。而他要做一个说教者，这对他来说倒是不习惯的，他也不愿意对别人说教。但是他又无法说服自己不去做，要自己认为那事并不重要。他主要担心他不会说，不知道怎样表达自己，他总是拙嘴笨舌的，特别是这是一个以前从未遇到过的情况。他怕自己说出话来像个傻子似的，让她不把他所说的当回事。他必须用十分稳妥的方式和她谈，尽管她可能会有些害怕，要让她知道他所说的全都是为了她好。他对谁都没提起过这件事，但是他总想着她。每当他出去支遮阳篷或者擦窗子时，他总是要不由自主地四下看看，想看看她是不是在那群玩耍的女孩当中。但是，总是不见她的踪影。又到了星期一，开门以后他足足抽了一包香烟，他想好了该怎么和她说，但是更担心她出于什么原因不再来了，或者即使来了也不去偷糖果了。就在他读《新闻报》的时候，她出现了，还是买两卷纸，她的眼睛还是那么明亮，倒使得他想避开她的目光了。他明白她还是想偷的。他走到后屋慢慢地拉开抽屉，一直低着头，眼睛偷偷朝镜子里看，他看见她溜到柜台后面，他心跳得厉害，脚也好像给钉在地板上了。他想到他计划要做的事，可是这时大脑里一片空白，结果又让她溜了。他张着嘴巴，呆呆地站在那里,手掌上有两枚发烫的硬币。

后来,他对自己解释说,他没有和她谈是因为偷的糖果还在她手上,这会让她更害怕的。他不想把她吓着。他上楼去了,但这回不是去睡觉,而是坐在厨房的窗前,望着下面的后院。他责备自己太软弱,太胆小。但接着又想,不,会有更好的办法来处理这件事的。他想不用这种面对面的办法,而是间接地给她些暗示,这样肯定会阻止她继续偷。以后再找机会向她解释他这样做的原因。于是他清空了她每次从中偷糖果的那个大浅盘,心想她会明白他已经注意到她了。但是,她似乎并没有意识到这一点,只是在把手伸向另一个盘子时犹豫了一下,就又把两条巧克力匆匆忙忙地放进她每天都挎在腰间的那个敞口黑色皮钱包里。在这以后,他干脆把柜橱里上面一层的糖果盘子都清空了。而她仍然没有怀疑,又把手伸向下面一层拿了些别的吃的东西。又是一个星期一,他在盘子上放了一些零钱,五分的、一角的都有。但是,她一动也没动那些零钱,而只拿了糖果。这让他有些纳闷。罗莎问过他现在晚上都搞什么名堂,为什么吃那么多巧克力,他没有回答她。她开始用怀疑的眼光观察常来店里的那些女人,也不排除小姑娘。他也想和她当面吵一架,但是只要她还不知道他到底在想什么,别的一切就都不那么重要了。同时,他也在想要采取一些更有把握的手段了,不然就更难制止小女孩来偷窃了。所以,一定要强硬一些。于是他想到一个办法，对这个办法他是很得意的。他打算在盘里只放两条巧克力，并且在包装纸里放进写好字的纸条。在她一个人的时候她会打开来看的，上面的字一定是让她能认得的。他拟了好几条，最后选择了最合适的，写在一条硬纸片上，装进一条巧克力的包装袋里。上面写道："再也不要这样做了，不然会毁了你的一生。"让他犹豫的是如何落款，是"一个朋友"呢，还是"你的朋友"呢，最后他选择了"你的朋友"。

这一天是星期五，他真恨不得这天就是星期一。好不容易，星期一到了，可是她却没有出现。他等了好久。这时罗莎下楼来了，他不得不上楼去，小姑娘还没有来。他有些失望，因为她从来都是很准时的。他躺在床上，鞋子也没有脱，两眼望着天花板。他感到很难受，那个小女孩手里拿着那支把他折腾得死去活来的糖果，可能已经吃完了，很可能另一支也已拿在手里了。他越想越不是滋味，他的头痛得都要炸开了，这让他无法入睡。后来不知怎么睡着了，待到醒来时，头一点也不痛了。他醒来时一种沮丧感和凄凉感袭上心头。他想到了他的多姆叔叔，他出狱之后不知到哪儿去了。他想如果当初他拿了那五十五美元离家出走，会不会遇到多姆叔叔呢？后来又想到多姆现在岁数已经不小了，即使他们真的见了面也未必认得他了。他想到了生活。你永远也不会得到你真正想要的，不管你多么努力。你总会犯错误，而且一旦犯了就永远抹不去它的痕迹。你看不到外面的天空，或者大海。因为你在监狱之中，除非你不把它叫监狱，如果你把它叫监狱，别人又不知道你在说些什么。他感觉自己被笼罩在一片阴影之中。他一动不动地躺在那里，不想自己，也不想别人，不同情自己，也不怜悯别人。

但是当他最终下楼时，罗莎没有嫌他下来迟而抱怨发牢骚，这倒是很有讽刺意味的。这时店铺里聚了不少人，他能听见她的尖叫声。他连忙分开众人，看到令人恶心的一幕，罗莎抓住了那个手里还握着糖果的小女孩，她抓得很紧，还用手来回摇撼着，小女孩的头就像绑在木棒上的气球一前一后地晃动着。他大骂一声，一把就把小女孩从妻子手中扯脱了出来，那孩子的脸一看就知道吓得不轻。

"怎么回事，"他冲着罗莎喊道，"你想要她的命啊！"

"她是小偷。"罗莎也喊道。

"闭上你的嘴。"

为了制止她叫喊，他抽了她一个耳光，但是下手太重了，他并没有打算这么狠地打她。她抽了一口气向后倒了下去，她并没有哭，而是看了看周围的人，想要笑一下，大家都看到她的牙已经出血了。

"还不回家去！"汤米命令那个小女孩。就在这时，门口一阵骚动，小女孩的母亲进来了。

"怎么回事？"她问道。

"她偷糖果。"罗莎喊道。

"是我让她拿的。"汤米说。

罗莎瞪着他，好像又挨了一次打，然后把嘴一咧，哭了起来。

"妈，这块是你的。"女孩说。

妈妈一巴掌打在她脸上："你这个小贼坏子。这次看我不把你的手烧焦了才怪。"

她一手把女孩的胳膊抓住，一手劈头盖脸地痛打她。那小女孩就像在跳一种怪舞，扭来扭去，一面跑一面打着趔趄，跑到门口时，把那张小白脸转过来做了个鬼脸，吐了吐她那小红舌头。

湖畔女郎

亨利·列文今年三十岁,他雄心勃勃,仪表堂堂,总是穿着一身西服,翻领上别着一朵白花。他在梅西书店工作,最近得了一笔不大的遗产,就辞退了工作,出国去寻求浪漫。他来到了巴黎。他也知道,他出来并不为什么别的原因,只是对过去的生活感到厌倦,厌倦那些强加到他身上的种种限制;尽管他在旅店的登记簿上写的是真名实姓,但他更喜欢称自己为亨利·R.弗里曼①。弗里曼住在卢森堡公园附近的一家小旅馆里,旅馆在一条狭窄的小街上,路灯还是煤气灯。在那里他小住数日,一开始,他很喜欢这座城市的异国情调。这里的一切是那样的不同,什么样的事情都有可能发生。他心里想,他喜欢这类机缘巧合的事情,可是这类事并不多,他并没有遇到让他特别在乎的人(他过去有时好对女人想入非非,可是她们又都让他感到失望);既然这种热切的希望还没有冷却,

---

① 弗里曼在英文中是 Freeman,意为"自由人"。

而旅游者在这里又让人家看不起,他想还是赶快离开为好。他登上了去米兰的快车,过了第戎之后,他又有一种灼人的焦虑感。这种感觉是那么强烈,让他心神不安,几次都想跳下火车,但理性还是战胜了他,他继续留在车上。不过他并没有在米兰下车,而在靠近意大利斯特雷萨不远的地方下了车。他一眼瞥见马焦雷湖。虽然是很短暂的一瞬,但那里的景色让他惊讶不已。他从行李架上一把扯下行李,就匆匆忙忙下了车,因为他从小就热爱大自然。这时,他原来那种焦灼不安的感觉一下子就烟消云散了。

一小时后,他已在一座花园住宅的膳宿小旅馆中住下了。这儿离湖畔的那排旅馆相距不远。小旅馆的主人是个十分健谈的女人,对她的客人很感兴趣,抱怨说六月、七月由于天气异常,又冷又多雨,几乎没有什么客人来住。有不少人原来预订了房间,后来也取消了,只是有几个美国人。这对弗里曼来说并没有什么影响,这倒可以让他独享康尼岛的旖旎风光。他住的屋子有落地窗,通风很好。床柔软舒适,洗浴间很宽敞,尽管只有淋浴可洗而没有浴缸,但换个样也挺不错的。他特别喜欢窗外的阳台。他爱坐在那儿看书,或学习意大利语,不时抬起头来看一看湖水。狭长的湖水,一片湛蓝,有时泛着绿色,有时呈现一片金色,最后转入远处的群山背后。他很喜欢湖对岸帕兰扎镇的一个个红色的屋顶,尤其爱湖中那四个美丽的小岛。岛屿虽小,但上面有不少豪华的住宅,还有花园高树，雕像也隐约可见。这几座小岛唤起了弗里曼强烈的情感：每座小岛都是一个小天地，这样的绝佳妙处一个人一生能遇到几回呢？他不禁对这些小岛充满了期望。可期望什么呢？他也说不清，但对于他所没有的东西他还是充满期望。有多少事情不都是这样吗？智慧、爱情、探险、自由，有多少人连想都不敢想，可也有少数人得到了。唉，这些话现在听起来颇带些喜剧性，不过，有那么几回，当他正在凝视这几个小岛时，如果你轻轻地推他一下，他都会叫起来。啊，多么美的名字啊，贝拉岛，黛·帕丝卡特里岛，马德雷岛，还有黛尔·东戈岛。旅行真是开眼界，他想，谁还会对福利岛产生感情呢？

但是，他曾去过的其中两座小岛都让他大失所望。他同后来的一群讲各种不同语言（尤其是德语）的游客一起乘汽艇登上了贝拉岛。刚下船，他们就被一群兜售廉价首饰的小商贩包围了起来。而且他发现他们走的路线完全是规定好的，由导游带领着，不可以随便走动。那些粉红色的豪华住宅里装满了陈旧的摆设，房子四周的花园是人工建造的，既呆板又缺少生气，石雕更缺乏品位。黛·帕丝卡特里岛有一点朴实的气氛。那些旧房子一座紧挨着一座地簇拥在弯弯曲曲的小街两旁，晾晒的渔网成堆地放在拖上岸的平底渔船的旁边。对于这些景物，那些旅游者也都摄进了他们的照相机，这个小镇很迎合他们的需要。每个人都有一些东西可买，而且比你在梅西商场地下室商店所能买到的东西更便宜。弗里曼回到旅馆，感到很失望。这些小岛从远处望去倒很漂亮，但一旦走到近处，就和舞台布景没有什么两样。他回去同女房东抱怨了一番。她怂恿他去看看黛尔·东戈岛。"那里更少人工的痕迹，"她说，"你从来没有见过那种花园，很特别。那里的住宅也是有历史的，还有不少当地的名人墓。其中有个红衣主教的墓，他后来成了圣人。拿破仑皇帝也在那儿住过。法国人对这个岛有特殊的偏爱。一些法国作家为它的美景激动得直流泪。"

可是弗里曼对此兴趣不大："我已经看过这一时代的花园了。"所以，每有闲暇，他就在斯特雷萨的后街散步，看人们玩意大利式的地滚球游戏，而不去看那些摆满商品的商店橱窗。他沿着不同的路线回到湖畔，坐在小公园的长椅上，凝视着幽暗的群山峰顶低回不去的夕阳，思考着探险的生活。他或一人独自坐在那里欣赏景致，或同那些闲散的意大利人不时地聊聊天。他们几乎人人都能说点英语，尽管不很流利。他更多的是一个人活动。在周末，街上常有些热闹，来自米兰一带的远足者乘坐汽车来到这里，一车一车的。他们白天忙着野餐，夜间，有人从车上取出手风琴，奏起伤感的威尼斯民歌曲调，或欢快的那不勒斯乐曲。那些意大利小伙子和年轻姑娘就站起来紧紧相拥着在广场上跳起舞来。弗里曼没有加入其中。

一天傍晚，正是夕阳斜照时分，那湖水平静如画，让他再也待不住了。他租了一条船，因为没有更令他兴奋的地方可去，就向着黛尔·东戈岛划去。他也并无意于登岛游览，不过是抵岸即返而已。可是当行程将近三分之二时，他感到划起来很吃力，这让他有些恐惧起来，因为这时湖面上已起微风，他正是逆风而行。风虽然很和暖，但风毕竟是风，水毕竟是水。弗里曼划船的技术也不高明。他二十多岁才开始学习划船。其实他住的地方离中央公园不远，学习这些事情是很方便的。他游泳也不行，总是呛水，一口气游不远，是个地道的旱鸭子。他曾考虑回到斯特雷萨去，这时离岛至少八百米，而回去则有两公里，他咒骂自己是个胆小鬼。这条船他只租了一个小时，所以，尽管有些冒险，他还是不断地向前划。浪还不算大，而且他也学会了控制浪打船头时的划船技巧。弗里曼不太会用桨，不过让他惊奇的是，这回他还真划得不错。这时风也转了向，不再构成阻力，而是成了助力。他再看看天，在一道道晚霞之间落日的余晖仍残留天际。

弗里曼终于靠近了岛屿。和贝拉岛一样，它以层级形渐渐升起，上面是围有藩篱的花园，园中有石雕，高顶处是豪华的住宅。女房东的话果然不虚，这个岛比其他岛更为有趣，这里林木葱密，群莺乱飞，少了几分人工雕琢之痕，增了几分异国情调。这时整个岛屿已在雾霭包围之中，尽管暮色愈加浓重，弗里曼还是沉浸在初上岛时的兴奋之中,惊叹这里的美丽。同时他也回首往事,不由得伤感起来,慨叹多少毫无生气的时光已从指间悄悄流过。正当沉思时,他突然感到水边花园有动静,就好像园中的雕像活了一般,弗里曼很快就意识到是一个女人站在大理石矮墙的这一侧,正在向湖上望着。他自然是看不清她的面庞的,但可以感受到她很年轻,她的白色衣裙在微风中抖动着。他想她一定是在等候她的情人,他很想和她搭讪。但这时阵风陡起,浪激荡着他的船使它晃动不已。弗里曼连忙摇动一支桨,掉转船头,用力把船摇走。风吹起的浪花打湿了他的衣裳,浊浪摇晃着小船,而且越来越厉害。他想象他落入水中、船被颠覆的情景,可怜的他慢慢沉入湖底,极力挣扎,就是浮不上水面。他拼命地划着船,他的心就好像已悬到了喉咙。他还是用力地划呀划的,渐渐地战胜了这种恐惧,也战胜了风浪。虽然这时湖水如墨,天空还是隐隐地泛着白,他不时地回过头看看前面,靠斯特雷萨湖岸边的灯光辨认着方向。当他抵岸时,天下起了大雨,但弗里曼在把船靠岸时想到的是他成功地完成了一次探险,在晚饭时,他在一家豪华餐厅美餐了一顿。

第二天早晨,他的屋子里充满阳光,风卷帘声让他醒来。弗里曼起床后洗了个澡,刮了刮胡子。早餐后又理了理发,在宽松的长裤里穿好了游泳短裤,他来到旅馆后面的湖滩游泳区,在那里他浸泡在湖水里,时间不长,却让他心情十分舒畅。中午过后,他在阳台上读着意大利语的教科书,后来又打了个盹儿。在四点半之前,他对于下一步该干什么心里还没有谱儿,这时他想到可以乘上游艇到那几个岛做一个小时的湖上观光。在到马德雷岛后,船又转向黛尔·东戈岛。当他们接近那里时,他看到在昨天晚上他到这个岛的相反方向有一个又瘦又高的男孩,穿着泳裤正在湖上的一个筏子上晒太阳,一副旁若无人的样子。船在岛的南侧一个码头靠岸时,弗里曼感到又惊讶又失望,这里到处都是一些小店铺,专门出售供旅游者购买的华而不实的小玩意儿。他原想到岛上随便转转,可是事与愿违,他们只能在导游后面亦步亦趋,不能越雷池半步。你花了一百里拉买一张票,只能跟在这么个乡下佬模样的人身后。他连胡子也不刮,样子叫人看了很不愉快。他手里举着一根拐杖,向天上戳了几下,用三种语言向游客们宣布:"请不要离队到处乱走,黛尔·东戈家族是意大利的名门望族,他们对我们有这样的要求。只有这样,这些宫殿般的建筑和举世无双的花园才能向各国游人开放。"他的发音很不标准。

他们尾随着这位导游,快步穿过宫殿般的大宅,走过一个个装饰着挂毯和精致镜子的长长的大厅以及一间间摆着古色古香的家具、陈放着古老的图书、绘画、雕塑的房间。他发现这里的东西的确比在其他岛上看到的要好得多。他们还参观了拿破仑曾睡过的床。弗里曼偷偷地摸了摸床罩,可是没有逃出导游的那双无所不见的眼睛。他突然把手杖向上一举,炸雷般地吼了一声:"够了!"这一举动和喊声让弗里曼的心都提上了嗓子眼儿,也让他和两个拿阳伞的英国女士十分尴尬。他感到十分难堪,直到这一伙人(大约二十个)被带到一个花园里时才好了一些。这里地处岛的最高处,从这儿放眼望去,可以看到碧波荡漾、浮光跃金的马焦雷湖的全貌。弗里曼望着这景色,不禁倒吸了一口气。这个岛屿一片翠绿,郁郁葱葱、莽莽苍苍,令人不忍离去。他们在橘树和柠檬树下穿行(他以前还不知道柠檬还散发着如此诱人的香气),这里还有木兰树和欧洲夹竹桃,这些名字还是导游告诉他们的。这里繁花似锦,香气弥漫:大朵的茶花,杜鹃花,细碎的素馨花,还有玫瑰花,五颜六色,品种繁多。弗里曼有些头晕目眩,在这种种感官刺激之下有些不能自持。同时,尽管只是内心的反应,他感受到一种鲜明的、令他痛苦的反差,更像是一种警告:他真是太穷了!能够明确认识这一点对他来说并非易事,因为他一向自视不凡。当这个喜剧演员般的导游一跳一跳地向前移动时,他的拐杖指着雪松、桉树、樟树、花椒树等,一一地告诉游客们。这让原来只习惯在室内工作的他大开眼界,许多东西都是他有生以来第一次见到。同时,他也兴奋得简直透不过气来。他渐渐地落在队伍的后面,假装在观察花椒树的果实。导游又匆匆地向前走去。弗里曼尽管原来并没有这个想法,但还是悄悄地躲到了一棵花椒树后,然后沿着一棵高高的桂树旁的小道溜开了，走下两段台阶，翻过一段大理石矮墙，急忙钻进了一个小树林，期盼着，寻找着，他想，只有上帝才知道他在期盼和寻找什么。

他盘算着，朝着花园靠水的那一侧走着，也就是他昨晚看到白衣女郎的方向。他专心地走了几分钟后来到水边，先是有卵石铺成的湖滨小路，然后有几级石阶，下面就是湖水了。在离这儿大约一百码处有个筏子停靠在岸边，上面没人。弗里曼太兴奋了，因而也感到精疲力竭，他坐在一棵树下休息。当他抬起头时，看到一个姑娘穿着泳装从水中出来踏上台阶。弗里曼凝视着她，看着她款款地走上岸来。她肌肤上的水珠在阳光下闪烁着。她看到他，立刻俯下身从地上的毯子上拾起一条浴巾披在肩头，用手轻轻地拢住浴巾的两端，遮住高高耸起的乳峰。她那浸湿的黑发披散在肩头。她看着弗里曼。他站起身来，心里琢磨着该怎样表示歉意，他眼前的一团迷雾瞬间散去。弗里曼脸色有些苍白，而姑娘的脸上却泛起了红晕。

弗里曼自小就在纽约市长大。姑娘不由自主地凝视他时（差不多有三十秒钟），他意识到自己目前的处境和其他一些不利条件，但他心里也十分清楚，他长得绝不难看，甚至应该说属于英俊那一类型的。他的脑后有一块秃斑（不过五分硬币大小），但不影响他那头秀发的动人之处，灰色的眼睛，目光明澈，鼻直口方，有一种

134

既宽厚仁爱又潇洒大方的气度。他四肢匀称，腹部扁平，虽然个头不算高，但显得精明干练。他从前的一位女友曾说她有时以为他个子很高。结果使他在偶然感到个子矮时心中有了些安慰。尽管有相貌方面的一些优势，但弗里曼担心的是这一时刻会稍纵即逝，一去不返，一半是因为这正是他生命所祈求的东西，一半是因为在两个陌生人之间可能会有数不清的障碍让他们无法交融。

很显然，她对这次邂逅毫无怯意，相反，倒像是很欢迎，对他立刻就产生了好奇心。她当然处于一种优势地位，这也包括接纳他这位不速之客。她当然也有资本显示风度，她在体貌上自不待言——简直是女王般的身段，这本身就是一种风度。她那面庞轮廓分明，皮肤的颜色较重，是典型的意大利脸型，它集中了历史各时期的美于一身，成了这一民族和这种文明的美的代表。两道又细又直的眉毛下一双褐色的大眼睛顾盼生辉，双唇如用一瓣红花剪贴而成，鼻子瘦而长，似乎是这一幅画中略带缺憾的一笔，然而也正是这一点缺憾使这幅画更加完美。尽管她具有雕塑般的端庄美，她那椭圆形的脸、小小的下颏，仍显得那么娇嫩，处处散发着青春的清纯可爱的气息。她有二十三四岁。弗里曼稍稍定下神来，发现在她的眼睛里隐隐地透出一种渴望的目光，或是对往事的回忆，总之是一种伤感的神情。所以，如果没有猜错的话，他感到他是受欢迎的。上帝，难道这都是命运的安排吗?

"你是不是迷路了?"姑娘开口了,面带微笑,手仍然握着白浴巾。她说的是意大利语。弗里曼听懂了,但用英语回答说:"不,是我自己要来这儿的。可以说是特意来的。"他想要问她是否还记得见过他,也就是昨天晚上那条船上的人,但他没有问出来。

"你是美国人吧?"她问道,她的英语中有意大利语的口音。

"是的。"

那个姑娘对他看了足有一分钟,然后犹犹豫豫地问道:"你大概是个犹太人吧?"

弗里曼真想长叹一声,但他克制住了。虽然心中暗暗吃惊,但这也并不出乎意料。可是他长得并不像犹太人,也可能会蒙混过关,而且从前也曾这么做过。所以,他连眼都没有眨一下就说,不,他不是犹太人。又过了一会儿,他补充说他个人对犹太人并无反感。

"我刚才只是突然想到这个问题。你们美国人真是不一样。"她含糊地解释道。

"我知道,"他说,"不必在意。"他把帽子向上提了提,自我介绍道:"亨利·R. 弗里曼,是来国外旅行的。"

"我的名字,"她说,心不在焉地停顿了一会儿,"叫伊莎贝拉·黛尔·东戈。"

这是个良好的开端,弗里曼想。"我为能认识您而感到荣幸。"他鞠了一个躬。她把一只手伸给他,脸上挂着微笑。他刚想吻她的手,这时那个导游在他们上面好几层的高台的矮墙上出现了。他吃惊地看着他们,然后突然大叫一声,从高台上沿台阶跑了下来,手里挥舞着拐杖就像在舞动一把剑。

"你这个非法僭越的家伙!"他用法语大声喊着。

姑娘说了几句话让他平静下来,可导游还是气得跟什么似的不肯听她的。他抓住弗里曼的胳膊就向台阶上拽。弗里曼为了保持良好的风度形象,没有反抗。他击打着他的裆部,他也没有抱怨。

尽管他离开岛时,比较委婉地说,是很令人难堪的(其实姑娘一见劝说无效就离开了),弗里曼还是梦想再体面地返回。目前最关键的问题是她,这个让人一见倾心的人已经喜欢上他了。他得到了她的青睐。为什么敢这么说,他也说不清楚,但他可以肯定地这么说。这从她的眼神里看得出。但奇怪的是,如果真是如此,那又为什么?弗里曼琢磨着,这是他的老习惯,他想,首先最重要的还是男女之间的互相吸引,所不同的是他胆子大。特别是他敢于偷偷地躲开导游,敢于到湖边等候她从水中走出来。而她也是与众不同的(这当然加快了她对他的反应)。这不仅在于她的相貌与背景,当然也包括她的过去(他曾从地方旅游书籍中读到过黛尔·东戈家族的情况,很令他着迷)。他看得出她的过去一直深受着她的家族古老骑士传统的影响，后来才渐渐淡薄了些。而他自己的历史则大不一样了，但男人的可塑性是比较大的，何况他也不怕试着创造一种大胆的结合：伊莎贝拉和亨利·R. 弗里曼的结合。希望能找到像她这样的一个女郎，可以说是他这次出国旅行的主要目的。何况他也曾想过他更会得到欧洲女郎的垂青，这是他的人格魅力使然。然而，由于他们的生活是那么不同，弗里曼有时也十分困惑。他想如果他去追求她，结果会怎么样呢？因为他每一步都是有意去做的。对她的家庭情况他尚一无所知，对类似的情况也不甚了了。更让他事后常常担心的是，在他们几乎没互通姓名之前，她就问他是不是犹太人，这样的问题怎么从这样美丽的嘴里说出的？在类似的情况下，他还没有见过一个女孩子一开口就问这类问题的。他们互相打量着对方时，他也很奇怪，因为他看上去绝不像犹太人。他想她问这个问题只是一种"试探"，当一个男人吸引了她时，她想要知道他是否有"资格"。或许是她曾经有过与犹太人交往不愉快的经历？不太可能，但也不是绝无可能，因为现在犹太人到处都有。最后弗里曼对自己解释说，就像人们常有的那种情况，只是无心地一问，其中并没什么特殊含义。正因为这个问题问得很离奇，他的回答才没有用心思考，答应得也可以。这都是古老的历史了，又何必为此烦心呢？但是这类事情，一些对他并不有利的古怪事情倒刺激了他冒险的欲望。

他突然产生一股十分兴奋的劲儿，简直难以控制，他想立刻再见到她。而且能经常见到她，并成为她的朋友，绝不仅仅是一个开始，可又从哪儿开始呢？他想过给她打电话，只要那个拿破仑曾住过的宫殿里有电话。可是如果是女仆或别的什么人先接了电话，他该怎样介绍自己呢，那不是很可笑吗？所以，他决定还是送她一封书简。于是，他特意买来上好的纸笔，开始写了起来。他问她是否可以赏光，让他再见上她一面，并能畅谈一番。他还建议乘车到附近的其他一个湖去游玩一下。他写完后签上了名，当然不是列文，签的是弗里曼。他事后又叮嘱女房东说以后凡是写给弗里曼的信件就是给他的。在那以后女房东也总称他为弗里曼先生。尽管当时女房东感兴趣地扬了扬眉毛，他也没向她作什么解释。但后来当他给了她一千里拉以示友好时，她的表情就平静多了。把信寄出去之后，他就感到时间过得太慢了，他怎么才能熬过他收到回信之前的时间呢？那天晚上，他又租了一条小船，一个人划到了黛尔·东戈岛。湖面水平如镜，但当他到了那座宫殿时，天已完全黑了下来。周围一片阴暗，没有一个窗子有灯光，整个岛上一片死寂。尽管他想象她就在这里，但他看不到一个人。他曾想把船系在一个码头，可是向四周看了看，似乎这么想是很愚蠢的。他又划回斯特雷萨。这时巡湖的人把他截住了，非让他把护照拿出来看看不可。一个当官模样的人告诫他说天黑以后不要在湖上划船，很容易出事。第二天早晨,他戴上太阳镜,还有遮阳草帽(这是最近才买的),穿上一身绉条纹的薄薄的衣服,和常在一起旅行的人一起登上了游艇,很快就到了他梦中的岛。可是那个讨厌的导游立刻就认出了弗里曼,他挥动着手杖,就像老师的教鞭那样,提醒他悄悄地离开。他怕姑娘会听见,所以立刻乖乖地离开了,但心里很是气恼。女房东那天晚上很神秘地告诉弗里曼,千万不要和黛尔·东戈岛上的任何人打交道。这个家族有着不光彩的历史,人们都知道他们背信弃义,诡计多端,善于欺诈。

星期天,中午睡过一会儿之后,他的情绪低落到了极点。这时弗里曼听到有人敲门。一个穿着短裤、衣衫破旧但腿很长的小伙子递给他一封信,信封的一角印有某人的盾形纹章。弗里曼兴奋得都喘不上气来,急忙撕开信封,从中抽出一张薄薄的发蓝的纸。上面有几行流利的字迹:"你可今日午后六时来此,厄尼斯托会陪你同来。伊·黛·东。"这时已是五点钟了。弗里曼心花怒放,都有些不知所措了。

"你就是厄尼斯托吗?"他问那个送信来的孩子。

那个孩子看上去十一二岁,一直用好奇的大眼睛盯着弗里曼。这时,他摇了摇头:"不,先生,我叫索诺·吉亚考比。"

"那厄尼斯托呢?"

孩子向窗外指了指,弗里曼明白不管他是谁,他一定是在湖边等候的。

弗里曼到卫生间里换了衣服，一会儿就出来了，又戴上那顶新草帽，还有上午穿的那身衣服。"咱们走吧。"他跑着下了台阶，那个孩子紧跟其后。

到了码头，可真叫弗里曼大吃一惊，厄尼斯托竟然是手里总挥舞着让人讨厌的手杖的导游！大概他就是那座大宅的管家，和这个家族在一起已经很久了。但现在他转换了角色，做了导游。从他的表情可以看出，他是不愿意干这个差事的。很可能是几句得体的话让他听了舒服，虽然仍有点趾高气扬的，对弗里曼还是显得很客气，弗里曼很有礼貌地向他问好。这一回这位导游不再如弗里曼想象的那样坐在豪华的游艇上了，而是坐在一条很大但比较破旧的木船的船尾上。这条船已久经风雨，比一般渔船小，却比救生艇大。那个孩子带他上了船，他在一个后面的座位上坐了下来，后面都空着。吉亚考比在桨旁的位置上坐下了，就靠着厄尼斯托，他坐下时好像是犹犹豫豫的。岸上的一个船员给他们一个手势，吉亚考比就开始划船。这条大船似乎不太容易划，可是吉亚考比灵活地划动又长又笨重的双桨，似乎还游刃有余。他很快就划离了湖岸向岛划去，伊莎贝拉已在那里等候了。

弗里曼虽然这时心情格外好，心满意足，对外面的空气也格外喜欢，但他离厄尼斯托太近，他有一股大蒜味让他感到不舒服。平时他做导游时是那么健谈，现在却一声不吭，嘴角衔着一支方头雪茄，还不时地用手杖敲打几下船底板。弗里曼想，即使这条船不漏，让他这么一戳也给戳漏了。他显得很疲倦，就好像饮了一夜酒，根本没有睡觉的样子。他摘下他的毡帽，用手帕擦了擦脸，这时弗里曼发现他已经完全秃了头，看上去老得让人吃惊。

弗里曼真想找几句话和这位老人说一说，让他也高兴高兴，因为这趟旅行是这么令他愉快，可是他一时不知该说些什么。如果开了口，他又会怎么回答呢？他原来对他是那么的不满。就这样沉默了很长时间，弗里曼终于憋不住了，他说："我或许可以划一会儿，让这个孩子歇一下。"

"随你。"厄尼斯托耸了耸肩。

弗里曼和孩子换了个位置，可是不一会儿他就后悔了，那两支桨太重了，他划船的技术又差，左边的桨吃水总比右边的深一些，这样一来船就偏离了原来的路线，就像在拉灵车一样，他笨拙地摇着桨，有时溅起不少水花，这使他感到窘迫。他注意到那个孩子和厄尼斯托就像两只怪鸟，瞪着两双黑黑的眼睛，张着贪婪的喙，公然盯着他看。他真希望他们远远地离开那座美丽的岛。他拼命地向前划着，尽管手掌已磨得起了泡，火辣辣地疼，但他的决心和努力已使得船行走得平稳多了。这时他带着得胜般的喜悦抬头看，他们的目光早已移开，孩子在看着水中的一根漂浮的稻草，导游正若有所思地望着远处。

过了一会儿，他们似乎对弗里曼已经琢磨透了，听其言观其行，认为他并不是个坏人。厄尼斯托开口说话了，但那腔调仍不太友善。

"人们都说美国很阔？"他说话了。

"是挺富有的。"弗里曼喃喃地答道。

"那你也一定很阔了？"导游有点不好意思地问道，衔着雪茄屁股的嘴角现出一丝微笑。

"过得还可以，"弗里曼回答说，又老老实实地补充说，"不过，我是靠干活吃饭的。"

"对年轻人来说，那不是挺好的生活吗？我的意思是他们总有吃的，而女人在家里还有许多神奇的机器，不是吗？"

"是的，有不少机器。"弗里曼说道。无中只能生无，他想。他也不得不问一些问题。弗里曼向导游讲了一大套美国的生活标准，他说的是谋生，而不是生活。不论他说些什么，都是值得这位意大利贵族一听的。他希望他能听明白，可是一个人很难知道别人的需要与愿望的。

厄尼斯托似乎想起了别人和他说过的什么事，他盯着弗里曼看了一会儿。

"你也做买卖吗？"他终于问道。

弗里曼琢磨了一会儿，答道："我做一些公关之类的事。"

厄尼斯托这时把雪茄烟头扔掉了："对不起，我要问一下，在美国干这类活的人能挣多少钱？"

弗里曼计算了一会儿，答道："我本人平均每个星期挣一百美元，相当于每个月二十五万里拉。"

厄尼斯托叨咕着这个数字，抬起手按住帽子，因为这时有一阵微风吹来。孩子的眼瞪得大大的。弗里曼满意地偷偷地笑了笑。

"你父亲呢？"说完，导游停了一下，观察着弗里曼的脸。

"他是做什么生意的？"

"他已经死了，从前做保险业务。"

厄尼斯托把帽子摘了下来，以示尊敬，他的光头沐浴在阳光之中。他们再也没有说话，直到船到了小岛。弗里曼为了巩固这次可能的收获，用带有赞美的口气问他是在哪儿学的英语。

"哪儿都学。"厄尼斯托答道，他面带倦意地笑了笑。弗里曼善于利用每一个有利的风头，他感到即使他没有成为他的知心朋友，起码也已大大减轻了原有的敌意。这无论怎么说都是好事。

他们上了岸，看着孩子把船系好。弗里曼问厄尼斯托小姐在何处。这时导游一副不耐烦的样子，用手杖向上面的高台一指。他那横扫一片的指法，好像把半个岛都包括进去了。弗里曼不希望他再跟随左右，这太妨碍他与姑娘的会面了。但是他从下面一直看到上面,根本没见到伊莎贝拉的影子,而这时厄尼斯托和吉亚考比却已没有了踪影。弗里曼想,他们爱干什么就让他们去吧。

他在上台阶时,不断警告自己,一定要小心谨慎地行事。每上一级台阶他都向四周看一看,然后才跑上另一级,帽子已经摘下来握在手里。在一堆花丛旁,他看见了她,他曾猜想她很有可能在这个地方。她一个人在宫殿后面的花园里。她坐在一个古老的石凳上,旁边是个大理石喷泉,它的喷嘴安装在一些顽童造型的塑像的嘴里。那些雕像在柔和的阳光下闪闪发光。

他看着她,那张可爱的脸如雕塑般轮廓分明,又不失女性的柔美。那双黑黑的眼睛流露出忧郁的神情,秀发在颈后松松地绾在一起。弗里曼感到一阵心痛,一直痛到因划桨而起泡的手指。她穿着一件红色亚麻上衣,色调柔和,看上去十分优雅,下面是一条修长的黑裙。褐色的腿上没有穿袜子,消瘦的脚上穿着一双凉鞋。弗里曼走近她时,步子缓慢,尽量控制自己不迈大步,而她把一绺头发向后面一拢,姿势真是美极了,但也令他伤感,因为这个姿势一下子就消失了。尽管在这个令人神往的星期天夜晚,弗里曼产生了不屈不挠的精神,但当他目睹这一姿势的消失时,也不禁想到她是不是也会像昙花一样稍纵即逝呢?这个岛会不会也只是个幻象,转瞬就会化为乌有呢?那些他所经历而又进入他头脑的各种事情,无论是好的、坏的,还是令人厌烦的事情,是否也都是如此呢?他的今天或明天会不会也完全是一场幻觉呢？所以，向她走去的时候，他小心翼翼，生怕她幻影般倏然而逝，直到她站起来并把手伸向他时，他才真正充满喜悦。

"欢迎你来。"伊莎贝拉说，她的脸红了。她看上去很高兴，而从她的举止看，她因看到他又有些局促不安，很可能这都出于同样的原因。他真想当时就去拥抱她，但是又感到不是时候。尽管他从她的出现中得到了一种满足感，就好像他们是早已彼此倾吐过爱情的恋人一样，可他总感到她有些心神不定。他想（当然他不愿意这么想），他们实际上与爱情两字还很遥远。至少他们正在穿过一种不透明的神秘区域而靠近爱情。但是情况常常如此，弗里曼这个不乏恋爱经验的人告诉自己，在成为恋人之前你们都只是陌生人。

他开始谈话时用词十分庄重："对你的信笺我十分感谢。我一直盼望与你相见。"

她转向宫殿的方向："家里人都出去了。他们去另外一个岛上参加婚礼。我可以带你去宫里看一看吗？"

听到这话，他既高兴又有点失望。因为此时此刻他并不想见到她的家里人，然而要是她能把他介绍给家里人却是个好兆头。

他们在花园里走了一会儿，然后，她拉着弗里曼的手，穿过一扇笨重的大门进入巨大的洛可可式宫殿。

"你想看点什么？"

尽管他也曾走马观花地在这里看过,但现在有她领着,与她靠得这么近,他还是很高兴的。弗里曼回答说:"你让我看什么,我就看什么。"

她先带他去了拿破仑曾住过的屋子。"拿破仑本人并没有在这儿住过,"伊莎贝拉解释道,"他在贝拉岛上住过。他的兄弟乔瑟夫曾到这儿来过,也可能是波利娜和她的情人曾在这儿住过。谁也说不清楚。"

"噢,原来是个骗局。"弗里曼说。

"我们常这么干,"她说,"这是个贫穷的国家。"

他们走进了画廊大厅。她指着提香的画,还有丁托列托的画,这令弗里曼目瞪口呆,可是当他们走到画廊大厅门口时,她回过头来不无尴尬地说画廊里的这些画多数是赝品。

"赝品?"弗里曼又一次震惊。

"是的,尽管这里也有几幅是伦巴第画派的真迹。"

"那些提香的画也都是赝品吗?"

"都是赝品。"

这让他有些失望:"那些雕塑呢?也是赝品?"

"大部分是赝品。"

他的脸沉了下来。

"身体不舒服吗?"

"没什么，只是我无法辨认真伪。"

"不过许多仿制品也都相当漂亮，"伊莎贝拉说，"只有鉴赏家才能分辨它们的真伪。"

"我想我获益匪浅。"弗里曼说。

听到这话，她用力捏了一下他的手，他感到好多了。

但是这些挂毯是真的，而且很值钱，当他们走过长长的大厅时，她指着这些把夕阳斜照都隔在窗外的挂毯说。这些东西弗里曼并不感兴趣。它们很长，从天棚一直垂到地板，都是蓝绿色的山林景象图案。其中有雄鹿，有独角兽，有嬉耍的老虎，都在一幅图案中，老虎把独角兽咬死了。伊莎贝拉很快地走过大厅，带着他走进一个他不曾来过的屋子，这里的挂毯的图案更为昏暗，是以地狱为题材的。在其中一个挂毯前他们停了下来，上面是一个受麻风病痛苦折磨的人，他从头到脚都是脓疱，又痛又痒。他在用指甲抓挠，但是那痒痛似乎没有止境。

"他犯了什么罪而遭到如此的惩罚？"弗里曼问道。

"他谎称他会飞。"

"因为这个就下地狱？"

她没有回答。这时大厅里已十分昏暗了，他们离开了那里。

他们来到湖边花园，就在停船的那个地方，观赏着落日晚霞在湖面上不断变幻的颜色。伊莎贝拉关于自己谈得很少。她似乎总是心事重重的，而弗里曼虽然内心有很多想法，但未来那么复杂多变，毫无定数，他也比较沉默。夜幕已降临，一轮明月冉冉升起。伊莎贝拉说她得离开一会儿，说完就走到树丛后面去了。当她再次出现时，弗里曼完全被眼前的景象惊呆了，她全裸着身体，但是还没有等到他很注意地看到她如花似玉的后身时，她已浸入湖水之中，向筏子游去。弗里曼急于到近前去看看她，但思想很矛盾，不知能否游那么远，或是否会淹死（她这时已坐到了筏子上，在月光下可以清楚地看到双乳）。他把衣服也脱下，把它放在树丛后面，也就是她放衣物的地方。然后他走到水边，迈下石阶，走入温暖的水中。他游泳的姿势十分笨拙，他真恨自己不得不在她的面前丢人现眼。阿波罗·贝尔维迪轻微地受了伤；想到可能会在将近四米深的水中淹死而十分痛苦，又想象她会跳入水中前来救他。不过，不入虎穴，焉得虎子？所以，他仍噼里啪啦地向前游着。游到了筏子边还有余勇可贾。看来他总是把问题看得太严重，有过强的忧患意识。

但是让他失望的是，当他拼命游到筏子时，伊莎贝拉已经不在那儿了。他一看，她已经回到了岸上，正向树丛走去。这时他心中有些不快，休息了一会儿。他打了两个喷嚏，因为天已凉了下来。他又跳回水中，笨拙地游回湖岸。伊莎贝拉这时已穿好了衣服，手里拿着毛巾等候他上岸。当他跨上台阶时，她把毛巾扔给他，当他擦身子和穿衣时，她回避了起来。他穿好了衣服，她拿出一个大浅盘，里面有萨拉米红肠、意大利熏火腿、奶酪、面包和红酒。这些东西都是厨房送来的。弗里曼刚才游泳时的那股怒气现在已经烟消云散了。这时饮酒消遣，享受浴后的清爽，心情很是愉快。蚊子不断地侵扰，让他不得不抓紧时间向她表白：他爱她。伊莎贝拉温情地吻了他。这时厄尼斯托和吉亚考比来了，把他送回了斯特雷萨。

星期一的上午，弗里曼不知该怎么打发。他醒来时许多记忆都一股脑儿地涌进头脑，令他烦躁不安。有些是令人愉快和满意的，有些则是一种负担，让他感到十分沉重。这些记忆噬咬着他，他也噬咬着这些记忆。他感到他本该为同她在一起的每一分钟精心安排和策划，他想要和她说许多话，结果才开了个头。他就是这么个人。像他这样，他们怎么能在一起从生活中获得更多有益的东西呢？他很后悔不能快些游到筏子那儿，如果他在她未离开筏子之前赶到那里，那会怎么样呢？一想到这儿还让他挺激动的。但是回忆总归是回忆，你只可以忘记它，而绝不能改变它。从另一个角度来看，他也很高兴。他对他所做的感到惊喜：同她度过一个夜晚，彼此信任，那么近地观看她的身子，还有她的吻，那种不言而喻的爱情承诺。他对她的欲望如火中烧，难以忍受。整个下午，他坐卧不宁，想她，不时地遥望湖水迷蒙中的晶莹的小岛。到了晚上，他已心力交瘁，沉浸在不堪重负的往事回忆中。

他躺在床上，一时还未成眠。他想，在这所有让他困惑迷茫的忧虑之中，最让人担心的是一件事。如果伊莎贝拉爱他，就像他感觉的，她或者已经爱上他了，或者不久就会爱上他，那么，以这种爱的力量他们就能所向披靡，无论什么问题都会迎刃而解。在众多可能之中，他预想到一件难处理的事，并为此而不安，那就是她的家人。但是，在许多意大利人看来，这也包括意大利的一些贵族阶级，都认为如果把女儿嫁到美国去那是件很理想的事（不然为什么他们先派厄尼斯托去探探风头?），有了这样一个有利条件，事情就好办多了。特别是伊莎贝拉，如果她是个独立的女孩，而且十分渴望去美国，那就更是十拿九稳了。不，最让他担心的是他向她撒的谎，说他不是犹太人。当然，他可以说实话，比如，她认识的是列文，而不是弗里曼，一个探险者。但那样可能一切就都毁了，因为，这很清楚，她不想同犹太人打交道。不然，为什么她一开始就一针见血地问这么个问题呢？要么就是他不告诉她真相，让她在美国生活一段时间之后再慢慢告诉她。那时她会发现作为犹太人是完全无辜的。一个人的过去，完全可以说，只是一种过去，它已随着时光的流逝而消失了。然而，如果她到时候难以接受，这种处理方法会引起反责。还有一种解决的办法，那就是他曾考虑过多次的办法：更名换姓（他曾考虑过改为勒凡，但他更喜欢弗里曼），然后完全忘记自己是犹太人的事实。这对他的家庭没有什么伤害，也不会让他们难堪，因为他是独生子，而且父母双亡。他有两个表弟，一个住在俄亥俄州，一个住在托莱多，各自生活，互无往来。他把伊莎贝拉带到美国以后就离开纽约，去其他地方。比如，旧金山之类的城市。到那里，没人知道，也不会有人知道他的从前。要做好这一切细节的安排，再做其他的小小的改变。他得在结婚之前回去一两趟，他对此已做好了准备。至于婚礼，那得在教堂举行，他得抓紧做好安排。教堂每天都可以办理这些事。一切就都这么决定了，尽管并非一切都尽如人意，但最不如人意的还是对他是犹太人这一事实的隐瞒（可是这一身份都给他带来了什么呢？除了让他头痛，让人看不起，再就是令人痛苦的往事），因为他向一个他所爱的人撒了谎。乍看上去，谎言与爱情是那么格格不入，如冰炭同炉，令人痛苦，可是如果事情非如此不可，那也就只能如此了。

　　第二天早晨，他醒了。他的头脑乱哄哄的，那个计划还有那么多漏洞，其可能性也大大令人怀疑。他何时才能再见到伊莎贝拉？更不用说结婚了。（"何时？"他在上船之前曾悄声问过，而她也曾含糊地许诺："不久。"）不久是没有尽头的。给她去信也没有回音，这使弗里曼十分沮丧。他问自己，他是不是正在构筑一个根本没有希望的理想，在异想天开呢？他是否正设计一个根本不存在的场景，即，她对他的感觉，未来和她在一起的可能性，等等？他正在想办法寻找点安慰、不让自己情绪低沉下去时，有人在敲门了。他想，一定是女房东，因为她常常为一些这样或那样的小事上来。但是让他说不出高兴的是来者竟是穿短裤的丘比特——吉亚考比，他手里拿着一个十分熟悉的信封。她要见他，伊莎贝拉写道，两点钟在城市广场乘有轨电车去莫塔罗内山，从那座山的山顶可以俯瞰这一地区的湖山全貌。不知他是否愿意赏光与她同去。

尽管这一上午他已不再焦灼不安，弗里曼还是在一点钟就跑到了广场。在那儿一支接一支地吸烟等候着。她出现了，就像他的太阳升起了一样，但当她向他走来时，他注意到她并没有注视着他（在远处，他能够看到吉亚考比把船划走了），她的表情很平淡，看不出什么。他一开始很在意这一点，但她毕竟写信给他，他可以想象在她离开岛之前会如何坐立不安。他今天一定要在适当的时机向她吐露"私奔"的打算，看她如何反应。但是不管什么在烦扰她，她此刻已摆脱了负面的影响。她向他问候时面带微笑。他希望得到她的嘴唇，可她礼貌地伸出一只手，他在大庭广众之下吻了吻，她羞怯地把手抽回。她穿着星期天的那身衣服，同一条裙子，同一件上衣。这着实让他吃惊，尽管他曾扬言过不在乎世俗愚蠢的压力。他们同其他十几个旅游者一起上了电车，但他们俩单独坐在前面的座位上。作为安排了这一切的奖赏，她允许弗里曼握着她的手。他叹了口气。电车由一台十分陈旧的机车牵引着,缓慢地穿过市区。上山时走得就更慢了。电车行驶了近两个小时,随着地势越来越高,湖的全貌渐渐展露出来。伊莎贝拉除了不时指给他看一些地方之外,还是一声不出,而且很拘谨。而弗里曼则采取花落花开两由之的态度,没有什么打算,也算比较满意。这段旅途真是无尽无止。好不容易才到了山上,他们下了车,走过长满野花的山坡,爬上山顶。尽管旅游者一伙接着一伙,山上还是显得十分宽敞。他们站在山边上,一切企图、愿望都被放置一边。在他们脚下,是连绵起伏的皮埃蒙特和伦巴第平原,七片湖泊星罗棋布般地散落在平原上,湖水如镜,但它们反射着谁的命运呢?远处耸立的是白雪覆盖的阿尔卑斯山。啊,他自言自语着,但很快又沉默下来。

"我们把这里叫作……"伊莎贝拉用意大利语说,"从天上掉下来的一块乐土。"

"你该再说一遍。"弗里曼深为阿尔卑斯山的壮观景象所动。她依次把那几座白雪莹莹的山峰的名字报了一遍,从罗莎峰到少女峰。望着这些山峰,他感到他好像长高了一头,心中一阵冲动,要完成一件让人们震惊的事业。

"伊莎贝拉……"弗里曼转过身来向她求婚,但是她站在那里,和他保持了一段距离,脸色苍白。

她用手画一个缓缓的弧形指着那些山峰,问道:"那些山峰,那七座，看上去是不是像七枝烛台①？"

"像什么？"弗里曼有礼貌地问，他突然想起一件可怕的事，当他从湖中上来时，她曾看见他光裸着身子，想告诉她他在美国医院按常规做的犹太教行割礼的手术，但他没敢，她可能也没有注意到。

"就像七枝的枝形灯台擎着七支白色的蜡烛，直耸云霄。"她解释说。

"是有点儿像。"

"你能不能看出圣母冠冕上镶着珠宝？"

"倒像是王冠，"他附和着，"这全凭你怎么看了。"

他们下了山，来到水边，下山时电车快多了。在湖边，当他们等候吉亚考比划船来接时，他发现伊莎贝拉的眼神有些不安，他知道她一定心中有事要告诉他。他还是急于要向她求婚，也希望她最后能说她爱他这样的话。但她说："我不姓黛尔·东戈，黛尔·东戈家族已离开这个岛多年了。我叫伊莎贝拉·黛拉·希塔。我们只是负责照看这座宫殿。我父亲、我弟弟还有我，我们都是穷人。"

"你们是看房人？"

"是的。"

---

① 七枝烛台，犹太教修殿节所用的烛台，现在为犹太教教堂的宗教象征物。

"那么，厄尼斯托就是你的父亲？"他的声音提高起来。

她点了点头。

"让你冒充别人是他的主意？"

"不，是我自己的主意。他一切都听我的安排。他想让我嫁到美国去，但必须是正正当当，明媒正娶的。"

"所以你就不得不冒充了？"他语气有点尖刻地问。这让他比预料的更加不安，好像他早已知道会有这类事情发生。

她红了脸，把头转过去："我也不知道你的情况，我想让你在这儿多待一段时间，我也好对你更了解一些。"

"你为什么不早这么说呢？"

"可能一开始我也没有太认真。我只说些我认为你想听的话。我想过一段时间我就会更了解你。"

"怎么更了解？"

"我也说不清楚。"她的目光在追寻着他的目光，然后她低下了头。

"我并没有隐瞒任何事。"他说。他还想说点什么，但马上警告自己还是不要多说的好。

"这也正是我所害怕的。"

吉亚考比已经把船划了过来，停稳了等候着他的姐姐。他们长得真是像极了，都是意大利那种深肤色的脸，两只眼睛一副中世纪的神色。伊莎贝拉上了船,吉亚考比一只桨划船,使船驶离了湖岸,到了远处她还向他挥手。

弗里曼回到膳宿旅馆,心里一团乱麻,还有些隐隐作痛,可痛什么呢?在他的梦里,他想他早该注意到她的裙子和衣服是那么破旧,比他看到的还要破旧,也正是这件事让他恼恨。他把自己称作地道的傻瓜,是他自己在编织着神话:弗里曼与一名意大利贵族淑女结为夫妇。他想离开这里去佛罗伦萨或威尼斯。可是心里又对她难以割舍,他不能忘记他这次出来就是想寻找一个值得同他结婚的女子。如果这种愿望变得复杂难办,那基本上是他的过错。在屋里待了一个小时后,他被孤独难忍压得喘不过气来,他感到他必须得到她,一定不能让她从身边走掉!可是,如果一个女伯爵突然变成了一个看房人,该怎么办呢?她是天生的女王,管她姓黛尔·东戈,还是别的什么!不错,她是对他撒了谎,可他对她也不诚实。他们谁也不欠谁的,扯平了,这时他的心境平静了。他感到现在事情好办多了,因为中间再没有迷雾了。

弗里曼跑到码头,太阳已经落山了。船夫已经回家吃他的意大利空心面条去了。他想是否可以解下一条船,明天再付钱,这时突然看到一个人坐在岸边——正是厄尼斯托,戴着一顶冬天才戴的帽子,抽着雪茄烟,手腕搭在手杖的把手上,下巴也伏在上面。

"你要用船吗?"导游问道,听口气好像不太友好。

"非常想,是伊莎贝拉叫你来的吗?"

"不是。"

他来这儿可能是因为她不愉快,弗里曼这么猜测——也可能她哭了。这就是你的父亲,尽管长得不体面,可他是个真正的魔术师。他挥舞着手杖,向上一指,砰的一声给他的小女儿变出个弗里曼来!

"上来吧。"厄尼斯托说。

"我来划。"弗里曼说。他差一点没在后面加上"爸爸"两个字,但他还是控制住了。似乎厄尼斯托也看出来了,他笑了笑,但有点伤心似的。他坐在船尾,看着他在划。

到了湖的中央,看到湖的四周被暮色包围,弗里曼想到了"七枝烛台"这个词,她是怎么知道这个词的?他想,也可能是从书或画报之类的什么地方看来的吧。但是不论是从什么地方看来的,他这一晚上是不会再想这件事了。

船到了对岸,一轮惨白的月亮已经升起,厄尼斯托把船系好,递给弗里曼一只手电筒。

"在花园里呢。"他用手杖指了指,无力地说。

"不用等了。"弗里曼匆匆忙忙就朝湖滨的花园奔去了。湖边那露在外面的树根就像老人的胡须一样悬在水面上。手电筒不好使。但有月光,再加上他的记忆就足够了。伊莎贝拉,上帝保佑她,正站在矮墙边月光下的雕塑当中,这些雕塑有鹿、虎、独角兽、诗人、画家、持鞭的牧人、顽皮的牧羊女,都望着波光粼粼的水面。

她穿着一身白色衣裙,就像个未来的新娘,可能就是用婚服改制成的。利用别人的旧衣服改一改再穿,对一个穷困国家的国民来说并不奇怪。他曾想,为她买几身时髦的衣服一定是很令人愉快的事。

她背对着他,一动不动,但是他可以感觉到她胸脯一起一伏地呼吸。他摘下草帽向她问候,她才转过身来冲他嫣然一笑。他温柔地吻了吻她的唇,这次她没有反对,也轻轻地还了他一个吻。

"再见了。"伊莎贝拉轻轻地说。

"和谁说再见?"弗里曼充满温情地开着玩笑说,"我是来娶你的。"

她两眼有些湿润,看着他,然后轻声地问:"你是犹太人吧?"在弗里曼听来不亚于一声响雷。

我为什么要撒谎?他想,她这么问就表示她是很爱我的。但他还是怕在最后的时刻又失去她。他有些发抖,但仍然壮着胆子说:"我说多少遍你才肯相信呢?你为什么老是问这么个愚蠢的问题呢?"他的头皮都有些发麻。

"因为我希望你是犹太人。"她慢慢地解开她的紧身胸衣的扣子,叫他注意看,因为他已经如堕五里雾中,摸不清她的真实目的是什么。她袒露着胸,这真叫他惊呆了,它们实在太美了(这让他回想起早先她就想让他看一看的,但他游泳游得太慢,没能及时赶到筏子那儿去),让他大吃一惊的是就在细嫩的肌肤上烙着一些发紫的横横竖竖的条纹，是编码数字。

"是在布痕瓦尔德①弄的，"伊莎贝拉说，"那时我还很小。法西斯分子把我们送到那儿，纳粹干的。"

弗里曼痛苦地呻吟了一声，被这种残忍行径所激怒，为这种亵渎行为而震惊。

"我不能嫁给你，我是犹太人。我的过去对我很有意义。我十分珍视我以往所受的苦难。"

"犹太人，"他喃喃地说，"你？唉，我的上帝，你为什么也瞒着我？"

"我不想告诉你你不愿听的。我也曾想过可能你是——我只是希望，但是我错了。"

"伊莎贝拉……"他喊道，断断续续地，"听着，我，我是……"

他摸到她的胸脯，想握着、亲吻着、吸吮着，但她走进了雕塑群，当她已快消失在雾霭之中时，他还呼唤着她的名字，拥抱着月光下的一座石像。

一九五八年

---

① 布痕瓦尔德，原德意志民主共和国西南部的一个村庄，德国法西斯曾在这儿建立过集中营，屠杀过数万犹太人和反法西斯战士。

夏天的阅读

乔治·斯托约诺维奇是我邻居家的孩子，十六岁那年一时冲动退了学，他厌倦了学校的学习。尽管每次找工作的时候人们都会问他是否完成了学业，他总是十分尴尬地说没有，但他也不再想重返校园。这个夏天找工作更是困难，他自然什么工作也没有找到。闲着没有事做，他想去参加一个暑期学校，可是他所报名的那个班的同学比他小很多，他也想去夜校注册，把中学课程读完，但是一想到老师总是叫他做这做那，他也烦了，觉得那些人对他不够尊重。结果，大多数时间他只好整天待在家里，不出门。现在他快二十岁了，也想和邻居的女孩子们交往，但是他手中没有钱。他父亲收入不多，偶尔向父亲伸手也只能得到几个小钱。姐姐索菲亚长得和他挺像的，是个个子高挑的漂亮女孩，今年二十三岁了，但工资微薄，只能自给自足。由于母亲去世早，索菲亚还得负责照料这个家。

父亲一大早就得起床，他要去鱼类市场干活。索菲亚大约八点钟离开家，要乘坐很长时间的地铁到布罗克斯，她在那里的一家自助餐馆工作。乔治喝光咖啡，在屋里转来转去。这个房子是有着五个房间的铁路公寓房，楼下是一家肉类商店。每当他心烦的时候就收拾各个房间，用湿拖布拖地板，整理物品。但更多的时间他就坐在他的房间里。下午他总会听一听球赛的广播，不然就翻一翻他很久以前买的《世界年鉴》，或者看一看索菲亚带回家的杂志、报纸，那都是就餐顾客扔在餐馆的，大都是关于影星或者体育明星的画报，也有索菲亚偶尔看过的《新闻报》和《镜报》之类的报纸。索菲亚阅读一切到手的东西，但偶尔也会读些好书。

有一次，她问乔治每天待在家里都干些什么，他说在家读了不少书。

"除了我带回家的报纸杂志外，你读过一些有价值的书吗？"

"也读过一些。"乔治回答说。但实际上他没读过。他也曾翻过两本索菲亚放在家里的书，但都没有兴趣。近来他对那些虚构的故事很反感，几乎无法忍受。他想他总应该有个爱好。说起来他对木工曾经有过兴趣，可是没有地方去做。他白天有时会出去散散步，但大多数时间还是等到日落后凉爽一些才到街上去逛逛。

这一天晚饭后，他出去在附近散步。在这闷热的傍晚，一些店铺的主人和他们的妻子坐在店铺前人行道上的椅子上，一边摇着扇子，一边聊天，那人行道又高又宽。在街的拐角处聚着几个小伙子，乔治从他们身边走过去。这里有一两个人和他也算认识，但从没打过交道。他没有什么地方要去。一般情况下，有些地方他是不轻易去的，除非不得不去。他离开了他所住的那条街，走过几个街区，来到一个小公园。这里光线昏暗，到处是树和长椅，周围有铁栅栏，给人一种隐秘感。他坐在一张长椅上望着栅栏里枝繁叶茂的树木和绽放的花朵，开始思考怎样才能让自己生活得更好些。他想到自从退学后曾经做过的几份工作——送过报纸，做过仓库保管员、推销员，最近还在一家工厂干过——这些工作没有一个是他喜欢的。他设想将来能有一份很像样的工作，有一套属于自己的大房子，门廊一直通到林荫道旁。他希望身上总有一些钱，想买什么就可以买什么，身边还总有几个女孩子围着他，特别是在周末的晚上，他不会感到寂寞。他想让人们喜欢他，尊敬他。他经常想这类事情，特别是在夜里孤独一人的时候。他一直坐到接近半夜才站起身往他那又热又冷冰冰的社区走去。

有一次，他散步时碰见凯坦扎拉先生下班回家。已经很晚了，他想凯坦扎拉先生是不是喝醉了，后来发现他并没有醉。凯坦扎拉是个秃头、身材粗壮的汉子，他在一个地铁车站给乘客兑换零钱，就住在后面街区的一个修鞋店的楼上。在天气炎热的夜里，他总是穿着汗衫坐在鞋店门口的台阶上，借着店里的灯光看《纽约时报》。他一页不落地从第一页看到最后一页，然后才起身回家。在他读报的时候，他的妻子，一个长着一张白脸的胖女人，一直靠在窗边凝视着街道，两条又白又粗的胳膊抱在一起，倚在窗台上，一对松弛的乳房堆在交叉的双臂上。

凯坦扎拉先生时常喝醉了回家，但是他一声不出，从不闹事，只是在街上走路时两腿僵直，上楼时很缓慢。尽管喝醉了，他也和往常没什么两样，只是有些步子不稳，不爱言语，而且眼睛有些湿润。乔治喜欢凯坦扎拉先生，记得他还是小毛孩子的时候，他就常给他几个零钱买柠檬冰棒吃。他和附近别的人不一样，每次相遇他都问他一些别人从不问的问题，他对所有报上的事都了如指掌。他每天都读报纸，他那个又胖又病的妻子每天就在窗口望着他。

"这个夏天你打算做些什么啊，乔治？"凯坦扎拉问道，"我看你夜里还在外面转悠。"

乔治不好意思地说："我喜欢散步。"

"你现在白天在做什么呢？"

"眼下没做什么，我在等一份工作。"由于承认自己现在没有工作是挺丢脸的事，乔治说，"我虽然待在家里，可是我读了不少书，复习以前学过的课程呢。"

凯坦扎拉看上去对他的话很感兴趣，他用一个红手帕把汗津津的胖脸擦了擦。

"你在读什么书呢？"

乔治迟疑了一会儿，说："我有一次去图书馆，拿到了一个书单。我打算这个夏天按这个书单读书。"他说这些话时，感到有些不自在，不太想这么说，但是他想让凯坦扎拉看得起他。

"那个书单上列了多少本书？"

"我也没数，不过，大概有一百本吧。"

凯坦扎拉先生嘴里嗤嗤地发出一个哨音。

"我想我要是读完，"乔治继续一本正经地说，"对我的学业一定有很大的帮助。我指的不是在中学学校里教给我们的那些东西。我想要了解一些在那儿学不到的东西，你明白我的意思吧？"

零币兑换员点了点头："毕竟，一百本书要在一个夏天读完也不容易啊。"

"也可能会用更长的时间吧。"

"等你读过以后咱俩再聊一聊那些书，好吗？"凯坦扎拉先生说。

"等我读完吧。"乔治回答道。

凯坦扎拉先生回家去了，乔治继续散步。从那以后，乔治虽然也冲动过几次，但是还和往常一样，没有什么变化。他仍旧每天夜里散步，最后到那个小花园坐一坐。但是一天晚上，他路过邻楼的鞋店时，修鞋匠拦住了他，夸他是个好孩子。他心里想一定是凯坦扎拉先生和他说了他读书的事。这位修鞋匠一定又把这个消息传遍了整条街，因为他发现不少人都朝他善意地微笑，尽管他们并没有和他说什么。在这个环境中他感觉好多了，也更喜欢这个社区了。当然这也并不意味着他想永远住在这里。他从来没有真正讨厌这里的人，可也说不上很喜欢他们。这是这个社区的错。让乔治吃惊的是他发现父亲和索菲亚也知道了他读书的事。他父亲没好意思开口说起这件事，他生来就是个少言寡语的人。但索菲亚对乔治很温和，她用一些别的方式表现出挺为他感到骄傲的。

随着这个夏天日子一天天过去，乔治心境也一天天好起来。他每天都打扫房间，为了讨好索菲亚，他对球赛也更有兴趣了。索菲亚每星期给他一美元零花钱，尽管这并不够花，得仔细地用才行，可是和从前偶尔给他二十五美分比起来，也算很可观了。他把这些钱的大部分用来买香烟了，偶尔买瓶啤酒或买张电影票，这已经让他很满足了。只要你知道如何珍视生活，生活还是很不错的。他偶尔也从书报亭买一两本平装书，因为他喜欢在自己的房间里摆放几本书，但他认真读的还是索菲亚带回家的杂志和报纸。晚上是他最快乐的时光。他从坐在店铺外面的店主人面前走过去时，能感觉到他们都用尊敬的眼光看着他。他挺着腰板走过去，尽管也不和他们多说什么，他们和他也不多说什么，但他能感受到来自四面八方的尊崇的眼光。有几个晚上，他感觉非常好，所以，夜幕刚刚降临，他没有去小公园，而是在社区周围转来转去，那里的人都从小就认识他，那时候一种叫作拳球①的游戏刚刚兴起，他就和邻居的孩子一起玩那种游戏。他转悠了一会儿就回家，脱衣睡觉了，那种感觉很好。

一连好几周过去了，他只和凯坦扎拉先生交谈过一次。这位零币兑换员除了书以外什么也没有谈，也没有问他什么问题，但他的沉默让乔治感到有些不安。有一段时间，乔治不再从鞋店门前过了。一天夜里，他从另一个方向回家，忽视了这件事，不知不觉就走到了鞋店门口。这时已经过了午夜，街上除了一两个人外已空荡荡了，让乔治吃惊的是凯坦扎拉还在借着店里的灯光看报呢，他心里一动，想在店门前停下来和他说话，但他拿不准他是否有想和他谈的意愿，一想到这里，他的话已经到了嘴边，又咽回去了。他决定还是不去谈了。他甚至想绕到另一条街回家去。这时他已和凯坦扎拉离得很近了，若转身走开，他一定会看到的，那样的话他一定会不高兴。于是，乔治小心地穿过马路，尽量装着去看那一侧的橱窗。他一边走着，一边对自己的这种想法感到不舒服。他害怕凯坦扎拉抬起头来看到他像一只老鼠一样偷偷摸摸地溜到街的另一边，但是他仍然一直坐在那里，汗衫都湿透了，他在看报时，他的光头在昏暗的灯光下显得挺亮。他的那位胖老婆仍然倚在窗户旁，好像

---

① 一种儿童玩的以拳代棒击球的游戏。

也在同他一起看报。乔治想她是否在窥视他，或者要冲他喊些什么，但是她的眼睛始终没离开她丈夫。

乔治决心在没读完他买的几本书以前暂时先躲开这位硬币兑换员，可是当他打开那些书时，才发现都是些故事书，他一下子兴趣全无，不想再去读了。他对别的书籍也没有什么兴趣。索菲亚拿回家的杂志和报纸他也不再读了，她看到这些报纸书刊都堆在他房间的一把椅子上，就问他怎么不读了，他回答说他正在读别的更重要的东西。索菲亚说她也是这么想的。就这样，一天中大部分时间，乔治都开着收音机，他听腻了人的声音，就拨转到音乐台。屋子让他收拾得相当干净整洁，所以，即使他偶尔忘记了打扫，索菲亚也不说什么。她照样每星期给他零用钱，尽管他做得不再像从前那样好了。

但想一想一切还是安排得挺好的。同样，他夜间出去散步也还总是让他有兴趣的，不管天气如何。后来一天夜里，乔治看见凯坦扎拉沿着大街朝他的方向走过来，乔治想转身跑开，但是他从凯坦扎拉走路的样子可以断定他已经醉了，如果那样，他就可能不会注意到自己。所以，乔治就仍然径直向前走着，一直走到凯坦扎拉的眼前，这时乔治真想像上满弦的螺旋器一样一下子冲到天上去。可是当凯坦扎拉从他身边走过去时一声也没吭，只是走得很慢，板着面孔，身子僵直。乔治从他眼皮底下溜过去了，放松地舒了一口气。就在这时,他听到有人叫他的名字,凯坦扎拉就站在他的身边,他的酒气让你感到你就在啤酒桶里。他凝视着乔治的时候,眼光里流露出一种悲哀的神情,乔治感到很不舒服,他想把这个醉汉推到一边继续走路。

但是他不能这样对待这个人,而且就在这时,凯坦扎拉先生从裤子口袋里掏出一枚五分硬币递给他。

"去买一支柠檬冰棒吃吧,乔治。"

"我不再是那时候的小孩了,凯坦扎拉先生,"乔治说,"我现在是个大小伙子了。"

"不,你不是。"凯坦扎拉说。听了这话,乔治真想不出该怎么回答。

"现在你的那些书读得怎么样了?"凯坦扎拉先生问道。尽管他尽力想站得稳一些,但还是有点打晃。

"我想,还好吧。"乔治回答道。说话时他自己已经感到脸红了。

"你不太肯定吧?"零币兑换员腼腆地笑了笑,乔治从来没有见他那样笑过。

"肯定的,我很肯定,进展得挺好。"

尽管凯坦扎拉的头有些晃来晃去,但他的眼神还是很坚定的。他那双蓝色的眼睛不大,但眼光逼人,尤其是在你长时间望着它们时。

"乔治,"他说,"说出今年夏天你读过的那书单上的任何一本书,我就为你的健康喝一杯。"

"我不想让任何人为我喝酒。"

"你说出一本书,我就问你一个关于那本书的问题。谁要是告诉我那是一本好书,也许我自己也会去读一读。"

乔治知道,虽然表面上看来他还说得过去,但在内心里他已经崩溃了。

他无法回答他的问题,只好闭上眼睛,但是,几年后,当他再睁开双眼的时候,凯坦扎拉先生已经令人遗憾地离开了人世,在他的耳边还一直响着凯坦扎拉那天离开他时所说的话:"乔治,别走我的老路。"

第二天夜里,他不敢离开他的房间,尽管索菲亚和他争吵,他也不肯开门。

"你在里面干什么呢?"她问。

"什么也没干。"

"是在读书吗?"

"没有。"

她沉默了一会儿,又问:"你读的那些书都放在哪儿了?我在你屋里除了看见几本没有什么用的廉价书以外,什么也没找到啊。"

他不想告诉她。

"既然这样,我每周辛苦挣来的钱一分也不值得给你。我为什么要为你拼死拼活地干活?你这个游手好闲的家伙,快出去找份工作吧!"

他把自己关在房间里整整一个星期,只是在家里没有人时才偷偷溜到厨房去一下。索菲亚先是责骂他,后又哀求他出来,他的老父亲也哭了。但是他就是不肯出来,尽管天热得要命,屋里也闷得让人透不过气来,每次呼吸都好像往肺里吸进一团火一样。

一天夜里,他再也忍受不了这种闷热了,半夜一点钟就冲到大街上,他孤零零一个人。他希望在没人看见的情况下溜到那个小公园去,可是街道上净是人,一个个萎靡不振,无精打采,在那里期待着一丝微风吹过。乔治低着头走,觉得脸上无光,想离人群远一些,但是,不久他发现人们对他仍旧很友好。他估计凯坦扎拉没有把事讲出去。也许第二天早晨他酒醒了之后,就把遇到乔治的事给忘了。乔治感到自信又一次回来了。

就在那天夜里,在街拐角的地方,有一个人问他是否真的已经读完了那么多书,乔治说他已经读完了。那个人说对一个这样年纪的孩子来说能读这么多书可真了不起。

"是啊。"乔治说道,但是他感到释然了。他希望人们再也不会提起那些书的事。过了几天他又偶然遇到凯坦扎拉先生,他也再没有提起，尽管乔治知道正是他把他读了那么多书的传言传播开去的。

秋天的一个晚上，乔治从家里跑出来，去了图书馆，他已经多年没进过图书馆了。这里到处是书，不管往哪里看都是书。尽管他努力控制内心的颤抖，他还是很轻松地选定了一百本书，编好序号，然后坐在一个桌子旁开始阅读了。

账　单

尽管这条街离河不远,但并不是临河的,而且街道很窄,街上有一排弯弯曲曲、年深月久的砖瓦结构的经济公寓建筑。小孩子向上垂直地扔球时,可以看见一小块惨白的天空。在威利·施莱格尔担任看门人的那座发了黑的公寓对面拐角处,耸立着另一座与它几乎一模一样的公寓楼,不同之处是后者有一个小卖店,而且是这条街上唯一的小卖店——向下走五级台阶,来到地下室,有个又小又暗的小食杂店,是潘内萨夫妇开的,实际上,它只是在墙上面凿的一个洞。

潘内萨太太告诉看门人的妻子说,这个店面是他们用最后一笔钱买下来的。这样一来,他们可以不依靠他们两个女儿中的任何一个。施莱格尔太太明白,他们的两个女儿都嫁了个自私的丈夫。丈夫们自私,也把她们给带坏了。为了完全不靠她们,潘内萨这个退休工人把他全部的三千美元积蓄从银行里取出来,盘下了这个小食杂店。施莱格尔太太一面四下张望着——尽管她对这个食杂店了如指掌,因为多年来她和丈夫照看的楼和小店只有一街之隔———面问道:"你们为什么要买下这个小店呢?"潘内萨太太神气十足地回答说因为它小,不会让他们过分劳累。潘内萨已经六十三岁了。他们在这儿不是为了挣钱,而只是想维持生计又不过分操劳。经过多少个日夜的讨论,他们感到这爿小店至少能给他们一碗饭吃。她看着埃塔·施莱格尔那困惑的眼神,埃塔说她希望他们能如愿。

她把街对面新来的人盘下了原来属于犹太人的小店的事告诉了威利,并说如果有机会可以去那里买东西。她这话的意思是他们仍然到超市买东西,但如果一时忘了买什么东西,他们就可以到潘内萨的店里去买。威利的确按她所说的去做了。他身材高大,有宽厚的胸膛和大脸盘,面色显得很黑,那是因为整个冬天他一直在铲煤和扫炉灰。他的头发也常常是灰蒙蒙的,因为风常常把垃圾箱里的灰土吹起来,扬到他头上。他总要把垃圾箱排好,等候垃圾车来把垃圾运走。他总是穿着工作服———他常常抱怨他的活儿没完没了———跑到街对面走下台阶去买点什么需要的东西。这时他总是点着烟斗,站在那儿和潘内萨太太聊个没完,而她的丈夫,那个个子矮小、有些驼背的男人,不时带着微笑,站在柜台后面等候这位看门人在长长一段谈话之后才想起要买一毛钱的七零八碎的小东西。他从来没有从这儿一次性买超过半美元的东西。后来有一天,威利谈起了住户们是如何不断地支使他,心狠而又吝啬的房东是如何变着法子让他在这五层楼的破房子里干这干那的。他谈得太投入了,不知不觉已从这儿购买了价值三美元的东西,可是他身上只有五角钱。威利就像一只被主人痛打了一顿的狗一样,但是潘内萨先生清了清喉咙,啧啧地说,这算什么,剩下的他愿意什么时候还都行。他说什么事都要讲信用,买卖和其他的事都一样。因为,说到底,信用就是我们都是人,如果你是真正的人,你就应该相信别人,而别人也要信任你。这让威利吃惊不小,因为他以前还从没有听过一个开小店的讲这样的话。过了一两天他就把那两块五角钱还上了。但潘内萨说只要他愿意,他赊什么都可以,威利吸了一口烟斗,然后就开始赊购各种各样的东西。

当他抱着满满两袋子东西回到家里时,埃塔冲他吼着说他一定是疯了,威利说他买这些东西是不必付现金的。

"但我们迟早要付钱的,不是吗?"埃塔还是吼着说,"而且我们还得付比超市高得多的钱。"接着她又把她常说的一句话搬了出来:"我们是穷人,威利,我们付不起呀。"

威利也明明知道她的话是有道理的,可不管她怎么说,他还是常去街对面赊购东西。有一回,他的裤子口袋里有一张皱皱巴巴的十美元的票子,而买的东西总共不超过四美元,但他没有付现款,而是叫潘内萨先记在账上。

埃塔得知他身上有钱也赊账,不禁尖声叫道:"你这是干什么？你有钱为什么不付？"

他没有回答。过了一会儿，他说他不用这钱是因为他不时地有些其他东西要买。他走进烧暖气炉的房间，出来时手里拿着一个包袱，打开一看，是一条镶有珠子的连衣裙。

埃塔见到裙子哭了，说她决不会穿的，因为这是他第一次给她买东西，却是以这种不当的方式买来的。从那以后，一切日用杂物都由他去买，他再赊购，她也不再说什么了。

威利仍在潘内萨的小店里买东西。他们也好像总是在等待着他。他们就住在店上面那层楼的三个小房间里，所以每当潘内萨太太从窗户里望见威利，就匆匆忙忙下楼来到店里。威利从他那个地下室走出来，穿过街道，又下楼梯，打开门，赫然出现在食杂店里。他每次买东西从不低于二美元，有时甚至高达五美元。潘内萨一样一样地把他买的东西报一遍，同时用一支油乎乎的黑铅笔在一个活页本上记下来。潘内萨太太一样一样地为他装进一个深深的袋子里，然后再套上一只袋子。每次威利来到店里的时候，潘内萨总是把账本打开，用舌头舔舔指尖，翻过一些空白页，翻到中间，找到威利那一页。他要的东西一样一样地装好之后，潘内萨总要把总数加一加，用铅笔点数着每个手指，嘴里不停地叨咕着，潘内萨太太的眼珠一直滴溜溜地盯着这些不断累加的数，直到潘内萨加出新的总额（潘内萨抬起头时看看威利，发现威利也在看着），再在这个数字下面加画两条线，这才把账本合上。威利嘴上松松地衔着没有点燃的烟斗，一动不动地站在那儿，直到账本被放进柜台，这时才如梦初醒般抱起装好的东西——他们也总是主动要帮他拿过街，可他总是拒绝——大步迈出店门。

一天，总数已达到了八十三美元还挂零，潘内萨抬起头，微笑地问威利什么时候能还账。从那天起，威利不再从潘内萨的店里买东西了。在那之后埃塔又拿起她那个用绳编织的购物袋去超市购物了，他们两个谁也不会因为忘记买一磅李子干或一袋盐而再往街对面跑了。

埃塔每次从超市买东西回来都紧贴着她这一侧的墙根走，尽量离潘内萨的店远一些。

后来她问威利他是不是已经还上一些了。

他说还没有。

"那你什么时候还呢？"

他说他也不知道。

一个月过去了，一天埃塔在街拐角处遇到了潘内萨太太，潘内萨太太的脸看上去不高兴，可对账单的事只字未提。埃塔回家后又提醒威利要他快点还账。

"别烦我，"威利说，"我自己的麻烦够多的了。"

"你又有什么麻烦,威利?"

"那些该死的住户,还有那个该死的房东。"他大声地说,把门砰地一关。

这时他转过身来说:"我拿什么来还?我这一辈子哪一天有过钱?"

她坐在桌子旁,胳膊平放在桌子上,然后把头伏在上面哭了起来。

"用什么还,"他大喊道,他的脸色阴沉,"用从我骨头上剐下来的肉还,还是用我眼里的灰还?还是用我每天用拖把拖掉的地板上的小便,或是我睡觉时得的感冒?"

他越想潘内萨和他的老婆就越恼恨。他发誓永远也不还,因为他太恨他们了,特别是那个站在柜台后的驼子。要是他再用那该死的眼光冲他笑,他一定把他举起来把他那驼背的弯骨头折成两截。

那天夜里他出去喝酒,喝得酩酊大醉,在街道边上的水沟旁就睡着了。第二天一早他回到家时,衣服又脏又臭,两眼布满血丝。埃塔把他们四岁儿子的照片捧到他的面前。儿子已经死了,是死于白喉,这时他老泪纵横,发誓以后滴酒不沾。

每天早晨他出去放垃圾箱时,总不把头抬起来看街的对面。

"信用,"他嘲讽地模仿着,"信用。"

艰难的日子来临了。房东命令要减少供热,也压缩热水的供应。他也同时削减了威利的花销和工资。住户们很气愤,他们一天到晚像苍蝇似的围着威利。他告诉他们这是房东的指示。他们就骂威利,威利也骂他们。他们还打电话给卫生局,可是卫生局的人来了一检查说,尽管屋子里有过堂风,但温度仍在法律规定的最低温度以上。不过住户们仍然抱怨说冷,每天缠着威利,他说他也冷,他说他都快冻僵了,可是没有人相信。

一天他把四个垃圾箱放在路边,等候垃圾车来运走。他看到了潘内萨夫妇,他们从街的另一侧瞪着他。他们是从前门的玻璃里面瞪着他的。他刚看见他们的时候,他的眼都有些花了,他们就像两只骨瘦如柴、被拔掉毛的鸟儿一样。

他去找这一个街区的另一个公寓看门人借扳钳,回来时他们提醒他有两棵细细而没长叶子的灌木穿过木地板长了出来,他透过灌木可以看到空空的货架。

春天当草从人行道的缝隙中长出来的时候,他告诉埃塔说:"我只是在等候我能全部还清欠账的那天。"

"怎么还呢,威利?"

"我们可以攒钱。"

"怎么攒?"

"我们每月有多少节余?"

"一个子儿不剩。"

"你自己私存起来多少?"

"不再有私房钱了。"

"那就一点一点还,我一定要还,以上帝的名义发誓。"

可问题是他们没有地方去弄钱。有时他想是否有些别的办法来挣钱。这时他就越想越远,好像已经看到他去付钱时的情景,他用一个大橡皮套把一沓钱扎好,然后上楼梯,过街道,又下五级楼梯,来到小店。他会对潘内萨说:"给你,小老头,我敢说你根本没想到我会把钱还你,别人也未必会想到,甚至连我自己也没敢想,可是这些钱,都是一元一元的,用一个大橡皮圈套在一块,全都在这儿。"他掂了掂这捆钱,然后就像下棋一样把它郑重其事地放在柜台中央。那个小个子男人和他的老婆一起把包打开看着这一张张颜色都有点发黑了的票子,叽叽咕咕地说着什么,惊叹这么一个小包居然包了这么多的钱。

这只是威利做的一个梦,是他很难实现的一个梦。

他拼命地干活。每天早晨早早地起床,用肥皂和硬毛刷子擦楼梯,从顶楼一直到地下室,然后再用湿拖布拖。木扶手也都擦得干干净净,并且把它油漆了一遍,直到每一层的扶手都光闪闪的,门厅里的信箱也都用金属上光剂和一块软抹布擦得光亮亮的,亮得可以当镜子用。他照见自己那张大脸盘上已长出了黄色的胡须,这令他很吃惊,这是最近长出来的,还有他那顶浅棕色的毛毡帽,是一个住户走时留下的,他搬走时留下了整整一橱柜的旧衣服。埃塔也来帮他清理和打扫了地下室,还有阴暗的院子。院子里横七竖八地拉着晒衣服的绳子,他们就在那底下干活,他们对住户有求必应,比如修水池啦,修厕所啦,等等,就是对他们讨厌的住户也不例外。每天两个人都累得精疲力竭,但他们从一开始就知道,这不会有任何额外收入的。

一天早晨,威利在擦信箱,他发现他的信箱里有一封给他的信。他摘下帽子,把信封打开,把信拿到亮处去读那封用颤颤抖抖的手写出来的信。是潘内萨太太写来的,她说她丈夫病了,就在对街的家里,可家里分文没有,问他能否先还十美元,其余的钱以后再说。

他把信撕成碎片,那一天就躲在了地下室里。那天夜里,在街上寻了他一天的埃塔在锅炉房的管道中间找到了他,问他在这儿干什么。

他把那封信的事说了。

"躲起来也于事无补。"她十分沮丧地说。

"那我该怎么办?"

"去睡觉吧,我想。"

他去睡了,但第二天一早他揭开被子跳下床,披上工作服,跑出了公寓大楼,肩上搭着一件大衣。在街的一个拐角,他找到一家当铺，在那儿他把大衣当了，拿到十美元，他十分高兴。

但是当他回来时，街对面有一辆灵车之类的车，有两个穿黑衣服的人从楼里抬出一个又窄又小的松木匣子。

"谁死了，是个孩子？"他问一个住户。

"不是孩子，一个叫潘内萨的男人。"

威利一句话也没说出来，他的喉咙一下子哽咽住了。

那个松木匣子从门厅的门勉强抬出去之后，潘内萨太太哀痛欲绝地一个人走了出来。威利赶紧转过脸去，尽管他认为他长了胡子，又戴了一顶毡帽，她不会认出他来。

"他是怎么死的？"他小声地问那个住户。

"我也说不好。"

但是走在木匣后面的潘内萨太太却听到了。

"老死的。"她尖声答道。

他想说几句宽慰人的话，但他的舌头就像树上已枯的果子，干吊在嘴里，他的心就像一扇漆了黑漆的窗。

潘内萨太太搬走了。她先是同其中一个石板一样面孔的女儿一起生活，后来又去了另一个女儿那里。而那份账威利却始终没有还上。

一九五七年

最后一个马希坎人①

费德尔曼自知成不了画家,他来到意大利打算写一部研究乔托②的作品。其中第一章在他渡海时就放在他的一只新猪皮手提包中,现在又握在他汗津津的手中。他的那双胶底棕红色的皮鞋也是新的。尽管九月末罗马斜射的阳光还很热,但他还是穿着一身花呢西装。其实他的旅行袋中有轻便些的衣服,如涤纶衬衫和涤棉的内衣等好洗易干的宜于旅行的衣物。他的衣袋装得鼓鼓的,有两根带子,是从他姐姐贝希那儿借来的,他背起来有点不好意思。如果去年年末他还能剩几个钱的话,他计划在佛罗伦萨买一个新的。费德尔曼在离开美国时,心情不怎么好,到了那不勒斯他的心情已有好

---

① 马希坎人是过去居住在哈德逊河上游流域的美洲印第安人。以往有人译作莫希干人,本书译者根据陆谷孙编《英汉大词典》译为马希坎人,因 Mohican 的正式写法为 Mahican。
② 乔托(1267—1337),意大利文艺复兴初期画家、雕塑家、建筑师,他突破中世纪传统艺术风格,创造了叙事性构图并深入刻画人物心理的绘画风格。作品有教堂壁画《圣方济各》等。

转。此刻，他站在罗马火车站前，被他第一次见到的这座不朽城市的景象深深吸引住了。他足足看了二十分钟，感到无比喜悦，尤其在发现越过车辆穿梭的站前广场，一眼就可以望见当年罗马皇帝戴克里先洗浴的豪华浴厅的遗迹时更是兴奋不已。费德尔曼想起曾经读到米开朗琪罗参与过把这些浴厅改为教堂或修道院的计划，最后他还是把它们变成了博物馆。现在所看到的正是这座博物馆。"真难以想象，"他自言自语道，"这就是历史！"

就在这种遐思驰骋之中，费德尔曼经历了这样的一种体验，他突然发现自己恰好完全处于一种苦乐参半的喜悦之中。当他非常熟悉的面孔涌现在他眼前的时候，他被自己纯情而深邃的目光所吸引，那目光在眼镜下更为明显。他长长的鼻子十分敏感，嘴唇常常抽搐，鼻子和唇之间有短髭，是最近才蓄起来的。费德尔曼想，这绺短髭就如雕塑一样安排在唇鼻之间，使他看上去更有派头。虽然他的个子不算高，但几乎就在同时，这种出乎意料、强烈的存在感——不仅仅是外观的——消失了，兴奋和喜悦也不复存在了。费德尔曼渐渐意识到刚才这种对自己如此奇怪、几乎是三维的清晰感受，原来是来自外部的根源。在他身后，右边不远的地方，他注意到一个陌生人——瘦得像鬼一样——在一座雕塑旁闲逛，雕塑有个石座，上面是一只有着很大乳房的伊特鲁里亚狼正在哺育着两个婴儿罗穆卢斯和瑞摩斯①。这个人贪婪地注视着费德尔曼已有很长时间了。可以说是从他刚走下火车的那一刻起，他的眼睛就没有离开他，他的一举一动都在他的注视之中。费德尔曼偶尔看他一眼，装出漫不经心的样子，他发现这个人和他自己个头差不多，穿戴很古怪，棕色短裤，黑色齐膝的毛袜，两条瘦腿有点弯曲，穿着一双多孔而且尖尖的小鞋。他那发黄的衬衫没有扣上面的纽扣，露着细细的脖子，两只袖子挽着，两条胳膊瘦而多毛。这个陌生人古铜色的额头高高的，浓密的黑发在两个小耳朵的背后，黑胡子是刚刚刮过的，紧贴上唇有一薄层黑茬儿。他那有阅历的鼻子，鼻头稍大一些，浅棕色的眼睛，给人最深刻的印象就是：他需要人们的帮助。尽管他的模样显得很卑微，他还是舔了舔嘴唇，走向这位前画家。

"你好。"他向费德尔曼用希伯来语打招呼。

"你好。"他也迟疑地用同样的语言答了一句。据他记忆，他还是第一次用这个词问候。我的上帝，他想，这一定是要我施舍点什么。我来到罗马的第一句问候居然是来自一个乞丐。

那个陌生人微笑地伸出手，自我介绍说："萨斯坎德，西门·萨斯坎德。"

---

① 罗马神话中，罗穆卢斯和瑞摩斯是战神玛尔斯的孪生子，传说他俩是由母狼哺养长大，罗穆卢斯为罗马创建者和第一代王。瑞摩斯后因修筑城墙与罗穆卢斯发生争吵而被杀死。

"阿瑟·费德尔曼。"他把手提包放到左腋下,两腿跨在大衣箱的两侧,伸出手去和他握手。这时一个身穿蓝色工作服的行李工走了过来,看了看费德尔曼的大包,又看了看他本人,然后走开了。

"会说意大利语吗?"他用法语问道。

"说得不好,虽然我阅读没有问题,可是会话我还需要练习才行。"

"意第绪语呢?"

"我还是说英语最好。"

"那就用英语吧,"萨斯坎德说道,他的英语有点英国的语调特征,"我知道你是犹太人,我第一眼就看出来了。"

费德尔曼没有去理会他的话:"你是在哪儿学的英语?"

"在以色列。"

费德尔曼对以色列挺感兴趣:"你住在以色列吗?"

"以前是的,现在不是了。"萨斯坎德含糊地说。他似乎一下子变得不耐烦了。

"为什么呢?"

萨斯坎德抽动了一下肩膀:"活儿太多太重,我这小体格受不了。另外,我也受不了那份牵挂。"

费德尔曼点了点头。

"再说,沙漠的气候让我难受,而在罗马我的心情就好多了。"

"一个不折不扣的从以色列来的犹太逃亡者。"费德尔曼并无恶意地说。

"我总是到处跑。"萨斯坎德阴郁地说。如果他心情是愉快的,那也还没有显示出来。

"我是否可以知道,你还去过什么地方?"

"除了德国、匈牙利、波兰,哪儿还不能去?"

"哦,那是很久以前了,"费德尔曼这时注意到他的头发已经灰白了,"好了,我得走了。"他说。他提起他的行李箱,这时有两个脚夫在旁边转来转去,像是在等候召唤。

但萨斯坎德主动来帮他提箱子:"你找到旅馆了吗?"

"早就预订了。"

"你打算在这儿住多久?"

这和他有什么关系?但是,费德尔曼还是比较谨慎地回答了他:"在罗马待两个星期,今年的其余时间在佛罗伦萨,还要去锡耶那、阿西西、帕多瓦看一看,也可能去威尼斯一趟。"

"你在罗马不需要一个向导吗?"

"你能做向导吗?"

"为什么不能呢?"

"不,"费德尔曼说,"我要去博物馆、图书馆之类的地方。"

这引起了萨斯坎德的注意:"你是做什么的,是位教授?"

费德尔曼不禁脸上一红:"倒不完全是,实际上我只是个学生。"

"你是哪个大学的?"

他咳了一下:"我的意思是我是进行专门研究的人,你可以这么说,叫我特洛费莫夫,师从契诃夫。只要有值得学的东西,我都学。"

"你有个项目吧?"那个人还是穷追不舍,"有资助金?"

"没有资助金,我的钱都是一分一分地挣来的,我工作很长时间才攒些钱来到意大利,我做出了一些牺牲。至于项目,我现在正在写关于画家乔托的一些东西,他是一位重要的……"

"关于乔托,你就不必说了。"萨斯坎德微笑着打断他的话。

"你读过他的书?"

"谁还不知道乔托?"

"这倒挺有意思,"费德尔曼说,心里却挺不是滋味,"你怎么也知道他?"

"你说这话是什么意思?"

"我曾用挺长时间读他的书。"

"一样,我也知道他。"

最好结束这个话题,不然过一会儿恐怕我要难堪了,费德尔曼想。他放下袋子,把手指伸进他的零钱钱包。那两个脚夫在旁很有兴趣地看着，其中一个从他的衣袋里掏出个三明治，打开报纸，开始吃了起来。

"这是给你的。"费德尔曼说。

萨斯坎德几乎连看都没看一眼就把那枚硬币投进他的裤子口袋。脚夫见状便走开了。

这位流亡者一动不动地站在那儿，姿势有点怪，就像雪茄店里就要打仗的印第安人。"在你的行李里，"他喃喃地说，"有没有你用不着的衣服？我想要一身衣服。"

终于说出了他的目的，费德尔曼想。尽管他很不高兴，还是忍着性子："我只有一身要替换的衣服，可别看错了人，萨斯坎德先生，我可不是有钱人，实际上我很穷。别让几件新衣服把你骗了，这几件衣服还是我向姐姐借钱买的呢。"

萨斯坎德看了一眼他那条破烂不堪、叫花子一样的短裤："多年来我连一身衣服都没有，我现在穿的还是德国崩溃时我跑出来时穿的。有一天我就光着身子到处走。"

"没有一些福利组织能帮你吗？我是说一些犹太社区的关心流亡者的团体。"

"犹太人的组织给我的东西是他们想要给的，但不是我想要的，"萨斯坎德难过地回答说，"他们要给我的唯一的东西就是回以色列的票。"

"那你为什么不要呢?"

"我告诉过你了,在这里我感到自由。"

"自由是相对而言的。"

"别和我谈什么自由。"

费德尔曼想,对自由他是再清楚不过的。"现在你感到自由,"他说,"可你怎么生活呢?"

萨斯坎德咳嗽起来,咳得很厉害。

费德尔曼还想就自由这一话题说些什么,但没有再说下去。我的上帝,我要是不当心,我得让他牵着走了。

"我得去旅馆了。"他说着又弯下腰去拿行李。

萨斯坎德碰了碰他的肩膀,费德尔曼很生气地直起腰。这时他给那个人的半美元又被拿到了他眼前。

"用它我们俩就都不合算了。"

"你这话怎么讲?"

"今天美元和里拉的比价是一美元卖六百二十三里拉,但是如果是硬币,他们只给你五百。"

"那样的话,把它给我,我给你一美元。"他从钱包里掏出一张簇新的一美元纸币并把它递给这个流亡者。

"不多给点吗?"萨斯坎德叹了口气。

"不多给了。"这位学生也强调似的答道。

"大概你想看一看戴克里先洗浴厅吧,里面有些罗马人的棺材,很好看的。我带你去看,再给一美元怎么样?"

"不必了,谢谢。"费德尔曼和他说了声再见,提起衣箱,用力把它提到路边。这时过来一个脚夫,这个学生犹豫了一下,还是让他把它送到广场里那排深绿色的出租车那儿去了。脚夫还想帮他拿他的手提包,但是他拒绝了,他不想让它离开自己的手。他把旅馆的地址交给出租车司机。汽车晃了一下就开走了。费德尔曼终于松了一口气。他注意到萨斯坎德已经不见了,他想,就让他随风而去吧。但在去旅馆的路上,他有些不安,那个流亡者会不会猫着腰,从后面抓住车后的备用轮胎跟车而来?他没有注意看。

费德尔曼在离车站不太远的一家比较便宜的旅馆预订了一个房间。这儿距汽车的终点站很近,所以交通很便利。到了旅馆之后,他很快就安排停当,这是他的习惯,从不浪费时间。这似乎是他唯一的财富——当然也并非如此,尽管费德尔曼承认他是有雄心的。他很快就为自己拟定了一个日程表,工作时间几乎安排得满满的,上午他通常是去图书馆,在那里的目录箱和档案柜中寻找材料,在微弱的灯光下阅读,做大量的笔记。午饭后小睡一个小时,当午后教堂和博物馆开门时,他再跑到那些地方去看湿壁画和其他绘画。他想尽快去佛罗伦萨,但在罗马没有时间去各处走一走,他又有些不甘心。他想如果有钱一定再回到罗马来，大约在春天的时候，那时候可以愿意看什么就看什么。

天黑以后，他尽量使自己放松一下。他入乡随俗，按罗马人的方式进了晚餐，进餐时间晚，喝了半升白葡萄酒，吸了一支香烟。饭后他喜欢散一会儿步——特别是在台伯河附近的旧街区。他读到过这儿，就在他的脚下，便是古罗马的废墟。这真是令人兴奋的事。他，阿瑟·费德尔曼，一个地道的在美国纽约市布朗克斯区出生的青年，正在这里漫游罗马历史。历史真是神秘莫测，要人们以沉重的、感官体验的方式把他们所不知的事情记住。它曾一度辉煌，也曾暗淡无光，这兴衰的原因他不知道，只知道它激活了他的思绪，远超出他的预想。这种兴奋和激动到了这个程度就该适可而止了。这对于一个艺术家来说当然是再好不过，但对于一个评论家来说是远远不够的。一个评论家，他想，应该靠理智。他沿着蜿蜒的河水走了好几公里，凝望星光点缀的天空，他曾在梵蒂冈博物馆里度过了两三天，他两眼开始冒金花，就像看到无数天使在飞翔，有金色的、蓝色的、白色的，满天乱飞。"我的上帝，我可不能再这样累着我的眼睛了。"费德尔曼自言自语地说。但是他回去后一直写到天亮。

大约是到罗马一个星期后的一个深夜，费德尔曼正在做笔记，把白天看到的拜占庭的拼接艺术风格做个整理，突然有人敲门。他当时正埋头工作，下意识地说声"请进"，接着惊叫起来："你怎么找到这儿来了？"

萨斯坎德一动不动地站了一会儿，然后带着倦意微笑一下："告诉你实话，我认识服务台的服务员。"

"可你怎么知道我住在哪家旅馆？"

"我看见你在街上走时，我就跟着你。"

"你是说你碰巧在街上看见我？"

"除此以外还能怎么样呢？你又没给我留下住址。"

费德尔曼恢复了原来的坐姿。"我能为你做点什么呢，萨斯坎德？"他板着面孔问道。

流亡者清了清喉咙。"教授，现在白天虽然暖和，可夜里很冷，你看我整天到处走，几乎没有衣服穿。"他伸出冻得发紫、尽是鸡皮疙瘩的手臂，"我来是想让你再考虑一下给我一套旧衣服。"

"谁说那是一套旧衣服？"他有些发火，声音也高了起来。

"有一套是新的，还有一套是旧的。"

"不是那么回事，恐怕我没有什么衣服给你，萨斯坎德。我挂在衣橱里的那套才穿一年多一点，我可舍不得给人。再说，那是华达呢的，夏天穿正好。"

"对我来说四季都可以穿。"

费德尔曼想了一会儿之后，拿出钱夹，从里面抽出四张一美元

193

的纸钞，点了点递给了萨斯坎德。

"你去买一件暖和一点的汗衫吧。"

萨斯坎德接过钱也点了点。"既然给了四块，"他说，"何不凑个五块。"

费德尔曼脸都气红了，这个人的神经准出了毛病。"因为我恰好有四块钱，"他回答说，"这就是二千五百里拉。你完全可以买一件暖和点的汗衫，还有点剩头。"

"我缺少一套西装，"萨斯坎德说，"白天虽然暖和，可夜里冷。"他搓了搓手臂，"我还有别的需要，我就不说了。"

"你要是冷，至少可以把袖子放下来。"

"那也不管用。"

"听着，萨斯坎德，"费德尔曼温和地说，"如果我要是能给你一套衣服，我是可以做到的，可是我没这个能力。我这一点点钱要维持我这一年的生活都相当紧张。我和你说过，我还欠我姐姐钱。你为什么不能自己去找份工作？别管是什么样的工作！我敢保证用不了多长时间你就可以混得像个样。"

"工作，说得好听，"萨斯坎德阴郁地说，"你知道在意大利找份工作意味着什么？谁会给我一份工作？"

"谁也不会主动上门来给你工作，你得出去找啊。"

"你不明白，教授。我是以色列公民，这就是说我只能为以色列的公司工作。可你知道这儿一共有几家以色列公司？——大概是两家，EIAI公司和吉姆公司，而且即便他们有工作给我也不行，因为我护照丢了。如果我是无国籍的人，我的境况还可能好一些。无国籍人还有个居住许可证，有的时候还可以找到份小差事。"

"既然你的护照丢了，为什么不要一份复印件？"

"我要过，可他们给吗？"

"为什么不给？"

"为什么？他们说我把护照卖了。"

"他们有什么理由这么认为呢？"

"我可以向你保证，是有人把它给偷去了。"

"在这种情况下，"费德尔曼问道，"你怎么生活呢？"

"怎么生活？"他咬着牙说，"我靠喝西北风活着。"

"别开玩笑。"

"我不开玩笑，真是靠喝西北风活着，有时我也做点小买卖，可做买卖需要许可证。而意大利人又不发给我。所以每次他们抓到我卖东西，就罚我在劳役营里待六个月。"

"他们没有想把你驱逐出境吗？"

"他们当然是这么干的，不过我把我保留多年的母亲的结婚戒指卖掉了。意大利人还是挺有人情味的，他们收下钱就放了我，但是告诉我不许再沿街叫卖。"

"那你现在怎么办呢?"

"还是做点小生意,我还能怎么办呢,去乞讨吗?所以还是做点小买卖。去年我得了一场病,把我手中那点钱都花光了。现在我还咳嗽,还挺厉害的。"他说着又咳了起来,"我已没有本钱再去办货了。听着,教授,我们很可能成为搭档。借我二万里拉,我买一些女尼龙袜,我卖出钱来会还给你的。"

"我可没有钱去投资,萨斯坎德。"

"你会连本带利一起收回的。"

"我实在是非常抱歉,"费德尔曼说,"你为什么不干点更实际的呢?你为什么不去慈善救济联合委员会让他们来帮助你呢?这是他们的职责。"

"我已经告诉过你原因了。他们希望我回去,可我想留在这儿。"

"我还是认为回去倒不失为良策。"

"不。"萨斯坎德很生气地喊道。

"既然你主意已定,是你自己选择做出的,那又何必来找我?难道我该为你负责吗,萨斯坎德?"

"我还能去找谁?"萨斯坎德大声答道。

"请小声点,周围的人都已经睡了,"费德尔曼说,这时他已经有点冒汗了,"我为什么要为你负责呢?"

"你知道责任是什么意思?"

"我想我是知道的。"

"那你就有责任。因为你是个人,因为你是个犹太人,不是吗?"

"这倒不错,不过,我他妈的也不是这个世界上独一无二的人,或犹太人呀。我不带任何偏见地拒绝这种义务。我只是一个个人而已,我不能承担任何人的负担。我自己的负担就已经让我吃不消了。"

他从皮夹里又掏出一张一美元的钞票。

"这就凑上五美元了。这已经超出我的承受能力了。把这块钱拿去,然后走开。别再缠着我,我已经做出了我的贡献。"

萨斯坎德站在那儿,一动不动,像一尊毫无表情的雕像。费德尔曼一度怀疑他是不是要在那儿站一夜。终于流亡者突然猛地伸出僵直的胳膊,抓起那张钱,离开了。

第二天一早,费德尔曼搬到另一家旅馆去了,虽然对他来说不如这里便利,但可以摆脱那个诛求无已的萨斯坎德。

与萨斯坎德的第二次见面是星期二。星期三的上午,在图书馆忙完之后,费德尔曼来到附近的一个小吃店,要了一盘加番茄汁的通心面条。他在食物还没送上来之前,在读着他的《信使》。每当坐在餐桌上时,他总有一种强烈的饥饿感,他抬起头,期待着招待的到来,但他盼来的不是招待,而是萨斯坎德。他站在那儿,还是老样子，没有任何变化。

难道没法摆脱他吗？费德尔曼想，这真让他伤脑筋，难道这就是我来罗马的原因吗？

"你好，教授，"萨斯坎德开口了，眼睛尽量避开餐桌，"我刚才从餐馆外面路过，看见你坐在这儿，就进来向你问候。"

"萨斯坎德，"费德尔曼生气地问，"你是不是一直在跟踪我？"

"我怎么会跟踪你？"萨斯坎德反问道，他显得有些惊讶，"我知道你现在住在哪儿吗？"

费德尔曼脸红了一下，但他知道他不需向任何人解释。那么他发现他已搬走了——很好。

"我太累了，可以坐五分钟吗？"

"坐吧。"

萨斯坎德从桌子下面拉出一把椅子。通心面条送上来了，冒着热气。费德尔曼在上面放了点干酪块，然后用叉子卷起几根面条。其中有一根好像有几公里长。所以，他卷了几圈就停下来把它吞到嘴里，可是忘记把那根长的切断，结果不得不把它慢慢地吮进去，它长得好像没个头，把他搞得很尴尬。

萨斯坎德出神地望着他。

费德尔曼好不容易才把那根长面条吃下去，然后用餐巾纸把嘴轻轻拭了拭，不再继续吃了。

"你是不是也来一盘呢？"

萨斯坎德眼睛流露出渴望的神情，可是有些迟疑，他说了声"谢谢"。

"谢谢是什么意思？到底要还是不要？"

"不要。"他把眼光从餐桌上移开。

费德尔曼继续吃他的面条，仔细地用叉子卷，可是由于他不常吃这种东西而弄得不知怎么才好，看着萨斯坎德盯着他看，更让他十分紧张。

"我们不是意大利人，教授，"流亡者说，"先用刀把面条切短，这样吃起来就容易多了。"

"我爱怎么吃就怎么吃，"费德尔曼有些不耐烦，"这是我自己的事，你还是忙你自己的事去吧！"

"我自己的事，"萨斯坎德叹了口气，"不存在了。今天早晨我眼睁睁地看着一个绝好的机会从眼皮底下溜掉了。我有个机会可以以每双三百里拉的价进半罗①女袜，我可以轻松地以每双五百里拉卖出。那我们可就有赚头了。"

"我对这不感兴趣。"

"如果不进女袜，我也可以进汗衫、手套、男袜，或者是便宜

---

① 罗，计数单位，每罗为12打，即144双。

的皮货、陶制品什么的。不知你对什么感兴趣?"

"我感兴趣的是我给你的钱是不是买了件汗衫。"

"教授,天越来越冷了,"萨斯坎德忧心忡忡地说,"十一月的雨季快到了,还有冬天的屈拉蒙塔那风①,我想我得攒几个钱买几公斤栗子和一袋木炭,如果你在繁华的街角坐上一整天,你可以赚一千里拉,意大利人好吃烤栗子,可是我要干这个活,我还需要暖和点的衣服,最好是套装。"

"套装,"费德尔曼讥讽说,"何不买件大衣呢?"

"我倒是有一件大衣,虽说破点,可我需要的是套装,谁到公司去不穿身套装呢?"

费德尔曼放下叉子时手都在抖:"在我看来,你是说话不算话的人。我不想让你牵着走,我有权选择我自己的事,也有权保护我的隐私。"

"别激动,教授,这样对胃口不好,慢慢吃。"萨斯坎德站起来,离开了小饭店。

费德尔曼没有胃口再把剩下的面条吃完,他付过账在那儿坐了十分钟才离开。出门之后左右看了看怕又被跟踪。他沿着街向下坡走去,来到广场,他看见有几辆出租汽车在那儿等着拉客。倒不是

---

① 屈拉蒙塔那风指从阿尔卑斯山和西地中海向南和西南吹的干冷风。

他有钱坐出租车,而是不想让萨斯坎德跟着他到新换的旅馆。他也告诉过旅馆服务员不要向一个叫萨斯坎德、模样像个流浪汉的人吐露任何有关他的消息。

萨斯坎德还是从广场一角的喷泉后走了出来,向费德尔曼走来,这时费德尔曼一句话也不想说了。但萨斯坎德说道:"教授,我不是只想索取的,如果我要是有什么可以给予的话,我是十分想给你的。"

"谢谢,"费德尔曼斩钉截铁地说,"只要给我一点安宁就行了。"

"那你自己会有的。"萨斯坎德回答说。

上了出租车,费德尔曼决定第二天就去佛罗伦萨,不再等到周末了,这样就完全摆脱这个可恶的东西了。

那天夜里,他从特拉斯特维尔广场散步回来后很不舒服,可能是晚饭时饮酒过多的缘故。费德尔曼发现房门半掩着,他立刻想到是自己忘记了锁门。他通常是把钥匙留在服务台的。一开始他有些害怕,但他拉了一下衣柜门,门是锁着的,他的衣箱和衣服都在那里。他连忙打开衣柜,看到他那身蓝华达呢套装,那件单扣的上衣,那条裤脚有些磨损但仍然可以再穿几年的裤子,都完好无损地挂在几件女佣熨过的衬衫中间,他就放心了。他打开衣箱,也一样东西没有少,感谢上帝,里面有他的护照和旅行支票。他四下看了看,一切都没有变样。他感到很满意,拿起一本书就读上了,读不到十页，突然想起了他的手提公文包。他立刻跳了起来，到处找，他清楚地记得他是放在床头柜上的，那天下午他曾躺在床上读过他已完成的那一章书稿。他床下、柜子后，甚至衣柜的顶上和后面都找遍了，还是没有。他又把屋子翻了一遍，拉开所有的抽屉，连很小的抽屉也没有放过，但是无论是公文包还是那章书稿都没有找到。

他叹了一口气，躺到床上，怨恨自己为什么不把那份书稿复印一份，他曾不止一次地提醒自己，这类事情是很有可能发生的。但他还是没有去复印，因为他还打算再仔细斟酌一下，做些修改，而且准备在开始下一章之前重新打印一下。他想去找店主，可是已经是半夜，只好等到天亮再说。是谁偷走了呢？是女佣还是旅店的门房？他们也犯不上冒险去偷一个只能当几千里拉的小皮夹子，有可能是顺手牵羊的小偷？他想第二天去问一问这层楼的其他客人有没有丢什么东西。但他还是有个疑团，如果是小偷来偷的话，他一定会把里面那本书稿扔出来，而把他那双皮鞋装进去，可鞋仍摆在床边，那件值十五美元的衬衫也明晃晃地摆在桌子上。如果既不是女佣，也不是门房，又不是顺手牵羊的小偷，那会是谁呢？尽管费德尔曼没有丝毫的证据来证明他的怀疑，他还是怀疑那个唯一值得怀疑的人——萨斯坎德。一想到这儿，他就像被蜂子蜇了一下。但是如果真的是他，他又为了什么呢？难道是因为他没有得到他一直想要的套装而恼羞成怒吗？还是因为撬不开衣柜，拿走公文包作为报复呢？费德尔曼绞尽脑汁也想不出任何别的人和别的理由。那个流亡者一定尾随他到旅馆（他想到了他们在喷泉处相遇的情景），然后趁他出去吃晚饭时溜进了他的房间。

那天夜里费德尔曼睡得很不安稳。他梦见在亚壁古道①下面的错综复杂的犹太人地下墓穴通道中追赶这个流亡者。他手中拿着一只插着七支蜡烛的大烛台，扬言要砸烂他那胆大妄为的脑袋；而萨斯坎德聪明绝顶，他对这里的每个角落都了如指掌，每到拐弯处都让他溜掉。突然费德尔曼的蜡烛全都被吹灭了，他一个人留在黑暗的墓穴里，什么也看不见。但当他第二天早晨醒来，懒懒地拉开帘子时，金黄色的太阳正朝他眨着眼睛，灿烂地照射着他那双蒙眬的睡眼。

费德尔曼推迟了去佛罗伦萨的日程。他向警方报了警。警方表示愿意帮他破案，但他们也无能为力。在记录投诉的表格上，调查员把公文包估为一万里拉，而对于"手稿的价值"上画了一道线。费德尔曼对于萨斯坎德的怀疑经过再三的思忖，还是没有向警方讲。首先，他没有任何证据，总台的服务员赌誓发愿地说肯定没有

---

① 亚壁古道，公元前312年由古罗马监察官克劳狄监修的大道，由罗马通往布朗迪西恩（今布朗迪西）。全长约589公里。

陌生人进来。第二，如果他要把他列为嫌疑犯，或没有营业证的商贩，警方将对他调查，他担心后果会对这个流亡者太不利。他决定重写这一章，他有把握把这一章的内容都背下来，但是一旦坐下来着手写时他才发现还是有一些重要思想、一些段落、不少页的内容一下子变得模糊了，甚至完全忘记了。他想写信去美国把这一章的笔记寄来。可是这些东西都在莱维顿他姐姐家阁楼上的一个桶里，而且里面还有不少别的项目的笔记，都混在一起。他一想到他的姐姐带着个五岁的孩子，到处翻他的这些东西，还要把卡片分门别类，再包好远涉重洋地寄过来，是够复杂的，他敢保证，到时候寄来的东西也是不对头的。想到这里，他无比烦躁。他放下笔，到大街上去寻找萨斯坎德。他在附近曾见到过他出没的地方找。他花了很多时间，准确地说有几天时间，可是萨斯坎德仍然不见踪影，或者说即使萨斯坎德在这些地方，他一见到费德尔曼也早就溜掉了。他曾去以色列领事馆，但那个职员是刚接手这项工作的，他说在他那儿没有关于他的任何记录，也没有他已丢失的护照。他也曾想过去慈善救济联合委员会，但仅凭一个名字和一个地址，要找到这么一个人也是没有可能的。他们给了他一个住址的号码，可是那个地方的房子早就拆了，现在成了一座公寓大楼。

　　时间一天天过去，无法工作，没有任何成果。为了结束这种让人焦心的时光，费德尔曼强迫自己回到原来常规的研究中去。他又换了一家旅馆，他实在承受不起原来那家旅馆给他带来的伤害（但他给他们留下了电话号码，嘱咐他们如稍有线索就立即通知他）。这次他搬到了一个膳宿小公寓，这里供早饭和午饭，这样就不必出去吃饭了。他对花销十分注意，他特意买了一个笔记本用来记下每一笔花销。夜里，他也不再在城里闲逛去欣赏这座城市的美景和神秘色彩，开始专注于他的论文，老老实实地坐在桌旁重写他那开篇首章，因为没有这个开端，他就无法写下去。他试图利用手头已有的笔记写第二章，结果什么也写不出来。费德尔曼常常感到他需要一些非常坚实的东西作为基础，这样才能向前进，也就是需要些真正有价值的成果，在此基础上再构建以后的内容。他每天工作到深夜，但是无论是情绪，还是灵感，或是创作时所需的一切都似乎离他而去，剩下的只是日益增长的焦虑。他几乎迷失了方向。由于不知道下一步该怎么做或做什么（这种感觉是几个月来第一次出现的），他有一种备受煎熬的感觉。于是他又开始了对这个流亡者的寻找。他现在想，一旦他解决了这个问题，即，这个人到底是不是偷了这章手稿（至于他能否再拿回这份手稿现在已经显得不是很重要了），只要知道答案就会让他的心灵得到安慰，他就会重新获得继续工作的情绪，这是最关键的一点。

白天，他在街上的人群中穿来穿去，凡有小商贩的地方他都要找一找。一连几个星期天的上午，他都花很长时间乘汽车到鲍蒂斯港口市场去。在后街的一排排、一堆堆的旧货堆里找上几个小时，希望他的公文包会神奇地出现在其中，可是连个影儿也没有。他又到丰塔内拉·鲍格才广场的露天市场和流动摊贩云集的但丁广场。他在水果摊和蔬菜摊里转来转去，在夜幕降临时去繁华街道的角落里，来到乞丐和好在夜间卖东西的小贩中间。当十月第一次寒潮袭来的时候，一些卖烤栗子的小贩开始在全城各处出现，蜷缩在一桶桶的炭火之前，他在这群人中一个个地辨认面孔，寻找失踪的萨斯坎德。在既古老又现代的罗马城中，他到底躲到哪儿去了呢？他无家可归，到处游荡，总会出现在什么地方的。有时，费德尔曼乘汽车或电车，他也不失时机地向车外人群中扫上几眼，看有没有穿着与这个流亡者相似的人，有时不得不中途下车去看个究竟。有一次在圣灵法庭门口站着一个人，可是当他下车上气不接下气地赶到那儿时，那个人已经不见了。还有一次他追上一个穿短裤的人，但他还戴了一只单片眼镜。难道是伊恩·萨斯坎德爵士？

十一月，已到雨水多的月份，他戴上贝雷帽，穿上双排纽扣的男士风雨衣，一双黑色意大利式的鞋子。这种鞋子虽然尖，但比他那双深棕色皮鞋小一些，他穿起来感到脚很热，另外他也不喜欢鞋的颜色。他现在不再去博物馆了，而是常出入电影院。虽然他买的座位是最便宜的，但也常常为花这些钱而后悔。一些零散的时间他也去逛逛街，有几回还遇到妓女与他搭话，有的长得真是楚楚动人，模样惹人可怜。有一个身材苗条、一脸愁云的姑娘,她已经长出了眼袋,但让他十分动心,不过费德尔曼担心自己的健康。他需要了解罗马,学会熟练地说意大利语,但他的心事一直很重,忧心不已,对那个该死的长着一双罗圈脚的流亡者恨之入骨——尽管有时他也想过他完全可能冤枉了他,所以他曾不止一次地咒他下地狱。

在周五的晚上,当第一颗星星刚刚在台伯河的上空出现,费德尔曼漫无目的地在河的左岸散步。他路过一个犹太教堂,随着人群也走了进去。他们都是西班牙裔的犹太人,个个长得像意大利人。他们停在前厅的一个水池前,把手放到流着水的水龙头下面,然后在礼拜堂里向壁龛鞠躬,同时用张开的手指触摸自己的眉毛、嘴和胸脯。费德尔曼也学着他们的样子。我到底在哪儿?三个拉比从长椅上站起身来,仪式已开始了。一段长长的祈祷词,时而节奏铿锵,时而有风琴伴奏,但风琴在哪儿,人们却看不见。他四下看了看,没有萨斯坎德。他坐在教堂最后一排的长椅上,在这儿他可以看到那些参加集会的人,同时也可以看着门口。教堂里没有供暖,大理石的地面散着凉气,这个青年学生的鼻头冻得发红,像个点燃的蜡头。他想站起身离开这儿,但教区执事用他那敏锐的左眼盯着他看。他身材粗壮,头戴一顶高高的帽子,身穿土耳其长袍,脖子上挂着一串又长又粗的银链。

"从纽约来的吗?"他一边慢慢向他走近,一边询问。

这时,礼堂中约有一半的人都转过头来看后面。

"纽约州,不是纽约市。"费德尔曼回答说,他对吸引了这么多人的注意而感到歉疚。但他立刻抓住这一停顿的空隙小声问道:"你知道有个叫萨斯坎德的人吗?他总是穿着条短裤。"

"是你的亲戚吗?"执事神情悲伤地看着他。

"不算是。"

"那是我的儿子——在阿底庭洞被杀害了。"眼泪已经止不住流了出来。

"我对此深感难过。"

但是执事已不再提这件事了,他用短粗的手指拭了拭湿润的眼睛。那些好奇的西班牙裔犹太人又转过头回到经书上去。

"哪一个萨斯坎德?"执事想要确定一下。

"西门·萨斯坎德。"

他搔了搔耳朵:"你到犹太人居住区找吧。"

"我找过了。"

"再去找。"

执事缓慢地走了,费德尔曼也偷偷地溜了出去。

犹太人居住区在这个教堂的后面,有几个街区紧紧地环绕在一些贵族豪宅的周围。这些当年的豪华住宅因年深日久,住户太多,不负重荷，已破败不堪。楼面的颜色已难以分辨，上面留下一道道雨水冲刷的沟痕。广场上的喷水池里已积满尘土，脏得不堪入目。条石铺成的狭窄街道的对面是一些黑洞洞、十分拥挤的经济公寓，它们是用石头砌的，都是在足有上百年历史的居住区围墙的基础上构筑而成的。就在这些破旧贫寒的房子之间或里面有一些富裕的犹太批发商的批发站。从黑洞一般的窗子向里望去，可以看见里面珠光宝气，有各色丝绸、各种银器。费德尔曼，这位当今的穷人，就漫步在这些古怪的街道上，心里有一种沉重的历史感。他自我解嘲，但这毕竟为他的生命平添了一段不平凡的岁月。

一轮苍白的月亮挂在居民区的上空，把下面照得如同昏暗的白昼。他似乎看到一个他所熟悉的鬼魂一般的身影，便急忙跟着他，穿过厚厚的石板路，来到一面光秃秃的墙边，借着一盏小电灯泡的微光，他可以看到这样几个白字：禁止小便。这儿只有一股味儿，可没有萨斯坎德的影子。

他花了三十里拉从一个推着自行车沿街（不是大街）叫卖的小贩那里买了一只已经发黑的小香蕉，站在那里吃着，一群小孩子围上来看着他。

"你们有谁认识一个叫萨斯坎德的人吗？他是个穿着短裤的流亡者。"费德尔曼不再吃香蕉，大声问道。同时他用那只香蕉往膝盖以下的地方比画着告诉他们短裤的长短，并且把脚向外弯曲告诉他们他的脚部特征,但是没有人理会他。

他把那根香蕉吃完了。这时才有一个男孩搭腔,他瘦脸庞,长着一双牟利罗①在《童丐》那幅画中所描绘的水汪汪的棕色眼睛,他尖声说道:"他有时在弗拉诺墓地干活,在犹太人墓葬区。"

又是那儿?费德尔曼想。"在墓地干活?"他问道,"用铁锹?"

"他为死人祈祷,"那个孩子说,"挣几个小钱。"

费德尔曼给他买了一只香蕉,其他人散开了。

安息日的墓地十分清静,他本该星期日来。②费德尔曼在墓地里走着,读着墓碑上放着的一个个传说。有许多墓碑的顶上放着小小的铜烛台,而有些坟墓的墓碑上是枯萎的黄菊花。费德尔曼想这一定是那些背叛宗教的儿女们在万灵节偷偷放上去的。他们不忍心看到他们的亲人没有鲜花的陪伴,因为在这一天墓地的其他区域都在过节,非犹太教的墓地里又有灯火又有鲜花。他从碑石上的文字可以看出有许多都是因为后来那次大战而死的,尽管死因各不相同。其中还有一个空墓穴,一块大理石板放在地上,上面刻着一个六角星,星的下面有这样的文字:我亲爱的父亲/被该死的法西斯分子出卖/在奥斯彻维茨被野蛮的纳粹杀害/可怕的罪行。但是仍

---

① 牟利罗(1618—1682),西班牙巴洛克画家,风格柔和细腻,作品有宗教画《圣母无原罪始胎》《圣莱安得罗》及风俗画《童丐》等。
② 基督教一般以星期日为安息日,但犹太教和有些基督教徒以星期六为安息日。

然没有萨斯坎德。

费德尔曼来到罗马已经三个月了。他曾多次地问自己，他是否应该离开这里，从而也停止这种愚蠢的寻找？为什么不去佛罗伦萨，那里有世界上辉煌的艺术成果，在那里可以激发灵感，更有利于继续工作。但是他丢失一章书稿的事总是影响他的情绪。有时他也自我安慰地说，那不过是人写出来的，并不是无可取代的。可有时也害怕，倒不是那一章书稿本身，而是萨斯坎德那种奇特的人格总是拨弄着他那本来就容易被触动的好奇心。难道他就用偷东西的方法作为对他慷慨帮助的报偿吗？为了满足自己的好奇心，为了了解这个人，他想去探究一下，尽管这要花费他不少宝贵的时间和精力。有时他也认为自己的做法太可笑，仅仅为这一章书稿而伤心。他辛辛苦苦创作出来的东西给丢掉了，特别是当他想到他所付出的那么多艰辛，他在构思每一思想时所花费的心思，那些问题安排得多么巧妙，形式多么讲究，结果又是多么感人，简直就是乔托再世一般。这真让他伤心。既然已在这儿几个月了，除了继续寻找以外，还有什么别的办法呢？

费德尔曼对于萨斯坎德偷走书稿一事是坚信不疑的。不然，为什么他藏匿不出呢？他看了不少，收获也良多。每当他仔细思忖他那进展十分不顺利的事业时，他常常在他姐姐贝希寄给他的信封后面漫无目的地画些飞翔的小天使。对于姐姐的来信,他连回信都没有写。有一次,他端详着这些没有什么意义的图画时,突然想到他是否可能会有一天再回到绘画上去。一想到这儿,费德尔曼连想都不敢再想下去。

十二月中旬一个阳光明媚的早晨,由于几周以来他头一回夜里睡得这么好,他发誓再去看一次那个古代船形喷水池,然后就动身去佛罗伦萨。近中午时,他去参观了圣彼得教堂。根据他对乔托画法的记忆,他想看一看经过几次修复后那里的壁画是否保持了原貌。他用颤抖的手记下一两处笔记,然后就离开了教堂,沿着宽阔的楼梯向下去。到楼梯底下时,他看到了萨斯坎德。他的心猛地一跳,不知他是否仍在看墙上的画,已经满满一船的使徒中又偷偷地增加了一个?萨斯坎德戴着一顶贝雷帽,穿着一件长长的绿色军用雨衣。雨衣下面露出两条穿着黑袜子的纤细小腿,可以看出他仍穿着短裤,只不过被雨衣遮住了。他在卖黑白相间的念珠。他一只手上拿着几串珠子,另一只手的手掌上还托着几枚大纪念章,上面镀了金色,在冬日的阳光下闪闪发亮。尽管穿了一件雨衣,应该说,萨斯坎德看上去还是老样子,没有多长一磅肉,他虽然年纪不小了,但从脸上也看不出他究竟有多大。费德尔曼两眼盯着他,牙齿紧紧地咬着。他想到这期间的一切。他曾想赶快躲起来,在他不注意时观察一下这个盗贼,但经过这么长时间的苦苦寻找他已经失去了耐心。他极力地控制着自己,走近萨斯坎德的左侧,因为他正朝着右面向一个身穿黑衣的女人兜售念珠。

"念珠,纪念章,祈祷用的念珠。"

"你好,萨斯坎德,"费德尔曼一面向他招呼着,一面紧张不安地迈下最后的几级楼梯,佯作局外人的样子,那么平和,那么满足,"有个人在到处找你,终于在这儿找到了你。怎么跑到这儿来了。"

萨斯坎德眨了眨眼,没有表现出吃惊的神情,而那一刻他的表情似乎在告诉人们他并不知道这个人是谁,已经完全忘记了费德尔曼的存在。后来突然想起来了——一个曾打过照面而很快就忘了的、很久以前来到这儿的外国人。

"还在这儿呢?"他嘲笑地问道。

"还在这儿。"他顺口答道,有点不好意思。

"是罗马舍不得让你走?"

"罗马,"费德尔曼结结巴巴地回答,"还有这儿的空气。"他深深地吸了一口气,然后深情地呼了出来。

他注意到流亡者心思并不在他这里,他的眼神都在那些可能买东西的人身上。费德尔曼定了定神,说道:"顺便问一下,萨斯坎德,你是不是曾注意过——我是说——一只公文包,就是九月我们见面的那段时间我一直用的那只?"

"公文包——什么样的?"他仍心不在焉地说,眼睛盯着教堂的门。

"猪皮的，里面有……"说到这儿，听得出费德尔曼的嗓门提高了，"我写的一章关于乔托的评论。你知道的，就是那个十四世纪的画家。"

"谁不知道乔托？"

"你还能回忆起当时的情况吗？如果，就是说……"他停了下来，一时不知说什么才好，因为他除了指控时用的词，还没想到什么别的词。

"对不起……有一宗买卖，"萨斯坎德突然转身离开，一步两个台阶地上了楼梯。但那个人走开了。他已有念珠，无须再买一串。

费德尔曼跟在这个流亡者的身后。"赏钱，"他小声地在他耳边说，"一万五千里拉赎回那章手稿。那个崭新的公文包归你所有。这是你的生意，没有商量的余地。这公平吧？"

萨斯坎德又瞟上了一个女旅游者，她带着照相机和一张导游图。"念珠，卖圣珠。"他捧起双手，但那个游客是马丁·路德的信徒，没有理睬他就走过去了。

"今天买卖不行，"他们一面从台阶上往下走，萨斯坎德一面叫苦，"可能是货的关系，大家都卖相同的东西。要是我有圣母的大陶像，准能卖得快。就像刚出炉的蛋糕一样，大家抢着买——有人肯投笔小钱就可以赚大钱。"

"用赏金去买嘛,"费德尔曼狡黠地小声说,"用赏金去买几尊圣母陶像。"

不知他听到没有,他没有任何反应。他看到一家九口人从台阶上的门廊里走出来,回过头和他说声再见,就跑上了台阶。费德尔曼还没有来得及做出反应。他心里想,我还得逮住你。他离开刚才那个地方躲到广场上的一个喷泉池后面,但是风吹起的喷泉水把他身上弄湿了,他又移到一个大柱子后面,从那儿不时探头看着小贩。

下午两点后,圣彼得大教堂不再向游人开放,萨斯坎德把他没卖出去的东西塞进雨衣口袋里,就算是关门闭店了。费德尔曼尾随着他回家,他的确住在犹太人聚居区里。尽管这条马路他已记不得是否走过,但沿着它还是来到了萨斯坎德的家,他拉开一扇左手开的门,没有任何的过渡性空间,就来到了他的"家"。费德尔曼偷偷紧跟其后,在昏暗的光线中看到一个大橱柜大小的地方,里面有一张床和一张桌子。他注意到门上没有门牌号码,也没有街名和路牌之类。让他吃惊的是门上连锁也没有。这一时让他心里很不好受,这说明萨斯坎德没有任何值得让人偷的东西。除了他这个人之外,他一无所有。费德尔曼决定明天再来,趁这个流亡者外出的时候来。

第二天一早他果然来了,趁企业家外出兜售宗教用品时光顾,很快他就进到了他的府邸。他浑身直哆嗦,因为这简直就是一个又黑又冷的窑洞,他划着一根火柴,找到了床和桌子,还有一把摇摇欲坠的椅子。屋里没有电灯,更没有取暖设备,只有桌子上的一只碟子,上面有一个挂满烛泪的蜡头,他点燃了蜡头,在屋子里搜索。桌子的抽屉里有一些餐具和一把刮胡子的刀架。他到哪儿去修面剃须呢?很可能是在公共厕所吧。在薄薄的木板床上面有一个架子,上面放着半瓶红酒,还有半包通心面,一本硬封面的梵文语法书。出乎意料的是还有一只玻璃鱼缸,里面有一条瘦瘦的金鱼,在这个小天地里游来游去。金鱼反射着烛光,大口大口地呼吸。当费德尔曼看它时,它还不时活泼地摆摆尾巴。费德尔曼想,他还挺喜欢宠物。在床底下,他看到一个便壶,但没有找到装有那章手稿的手提包。这个屋子实在比冰箱大不了太多,不知是谁借给他遮风避雨的。唉!费德尔曼叹了一口气。回到小旅店,他喝了整整一壶热水。过了两个小时才暖和过来。但这次寻访后他一直没有完全地恢复过来。

费德尔曼最近做了一个梦,梦见他在立满墓碑的墓地中度过了一天,突然从一个空墓坑中站起一个鼻子长长、一身棕色衣服的影子一般的人,那是维吉里奥·萨斯坎德,他在向他招手。

费德尔曼立刻走了过去。

"你读过托尔斯泰吗?"

"算是读过吧。"

"为什么要有艺术?"影子一样的人问道。他一边说着,一边走开了。

费德尔曼无可奈何地跟在后面,而这个鬼魂消失时,已带他迈上了台阶,穿过犹太人聚居区,进了一个大理石的犹太人教堂。

这里只有他一个人,不知什么原因,他想到该躺在这石头地面上,两眼仰视上面充满阳光的苍穹。他感到两肩十分暖和,里面的湿壁画以褪了的蓝色展示着这位圣人。头上一片阳光灿烂的天空,正把他的金斗篷交给一个身穿薄薄的红袍的年老武士。旁边站着一匹模样很不起眼的马,还有两座不高的石山。

乔托。圣弗朗西斯科赠长袍给一个贫穷的骑士。

费德尔曼接着醒来。他把那身华达呢的套装装进一个纸袋中,乘上汽车,一大早就敲响了萨斯坎德的厚厚的房门。

"来啦。"他已经戴上了贝雷帽,穿上了雨衣(大概这也是他的睡衣),站在桌子旁边。用一张点着的纸在点蜡烛。费德尔曼看那张点燃的纸就像是打字稿纸。他勉强控制着自己,他在那火里似乎已经看到了整一章的手稿。

"给你,萨斯坎德,"他声音颤抖着说,把纸袋递给他,"我把这身套装给你带来了,穿上它,当心别冻着。"

萨斯坎德毫无表情地看了一眼:"你想以什么为交换条件?"

"什么也不要。"费德尔曼把包放在桌子上,说了声再见,就走了。

他很快就听到后面石板路上有走路的脚步声。

"对不起,我把这个放在草垫下面给你保存着呢。"萨斯坎德把猪皮公文包塞到他的手里。

费德尔曼急忙打开包,在每个隔层里疯狂地翻找着,但是公文包是空的。流亡者已经跑了。这个学生也像如梦初醒般拔腿就追:"你这个该死的,你把我的书稿全给烧了!"

"请原谅,"萨斯坎德大声说,"我只是帮你做了点事。"

"我也帮你做点事,把你的脑袋扭下来。"

费德尔曼气得不行,猛地冲过去。可是流亡者穿着一条短裤,跑起来像一阵风似的,雨衣都像飘起来一样,很快就把他甩得很远。

住宅区里的犹太人从他们老式的窗子里惊讶地看着他俩发疯似的追逐。但是跑到半道,费德尔曼就上气不接下气了。他对最近所见所闻深有所感,深有所悟。

"萨斯坎德,回来吧,"他喊道,声音中带着哭腔,"衣服归你了,我原谅你所做的一切。"

他停下来一步也不跑了,可是那个流亡者仍在跑,直到最近,人们仍看见他在跑着。

一九五八年

借　款

莱义布的白面包还没出炉，那浓烈的、甜丝丝的气味就已经吸引了成群的顾客。站在柜台后面的贝蒂，莱义布的第二任妻子，留意到在这群顾客中有一个陌生男子，他很瘦弱，一副饱经风霜的模样，头上戴着一顶安全帽，游离在这群人的边缘。尽管对这群急于购买面包的顾客来说，他显得没有什么妨碍，但是她还是感到有些不安。她用疑惑的眼光瞥了他一眼，他把戴着安全帽的头点了点，显示出不介意的样子，表示他可以等，并且（永远）乐意等。尽管沧桑就写在他的脸上，但是生活的苦难给他留下的印迹，他也不想去掩饰。不过恰恰是他那些苦难的印迹叫贝蒂感到有些害怕。

她麻利地照顾那些顾客。当她把他们都打发之后，她开始转向他，凝视着他。

他轻轻地用手触碰一下帽檐："请原谅，我是考勃茨基，有一位叫莱义布的面包师在这里吗？"

"考勃茨基是谁？"

"一位老朋友。"这话更让她吃惊。

"从哪儿来？"

"从过去来。"

"你找他做什么？"

这个问题有点像审讯，考勃茨基没有回答。

似乎是被这声音的魔力所吸引，面包师连衬衫都没来得及穿就从后面来到店的前堂。他的手臂揉面时总是深深地捅进面团里，白白的胳膊显得粉红，头上戴着用牛皮纸面粉袋折叠成的帽子，上面沾满了面粉，一副喜气洋洋的模样。他的眼镜上也沾上了面粉，看上去就像个鬼怪，但是当他透过眼镜看去，像鬼的不是他，而是考勃茨基。

"考勃茨基。"面包师喊道，声音有些哽咽。多年过去了，考勃茨基让他想起了他们年轻的时候。唉，真是时过境迁啊，一时间情感难以抑制，禁不住流下了酸楚的泪水。他把泪水猛地一把挥去。

考勃茨基摘下帽子——他露出光头来，而莱义布头发花白——并且用一块相当干净的手帕拭了拭发红的前额，莱义布拉过一个凳子："坐，考勃茨基。"

"别在这儿。"贝蒂嘟哝道。

"顾客，"贝蒂对莱义布解释说，"一会儿就该买晚餐面包了。"

"咱们到后面去吧。"考勃茨基点了点头。

他们说着就挪到里屋,他们也更喜欢这个僻静一些的环境。

这会儿正好还没有顾客,贝蒂也跟进来了。

考勃茨基坐在墙角的一个高凳子上,俯着上身,还穿着那件黑色外衣,戴着那顶帽子,两只手僵直地放在细细的腿上,手上的青筋看得很清楚。

莱义布透过两片圆圆的眼镜片看着他,放松地坐在一个面粉袋上。贝蒂竖着耳朵要听他们的谈话。但是这位来客像哑巴一样,一声不吭。莱义布有些尴尬地开了腔:"哎,一切都过去了,现在世界都变样了。考勃茨基,那时候我们都年轻。你还记得吧,那时候,我们一起钻进客轮的统舱,成了移民,我们还一块儿注册上了夜校。"

"Haben, hatte, gehabt。"他绕口令似的把德语中"有"这个词的原形、过去式和过去分词形式念叨一遍。

坐在凳子上的瘦子还是一言不发。贝蒂不耐烦地挥着掸子,她向店堂那边瞥了一眼,仍然没有一个顾客。

莱义布想让气氛活跃起来,背诵一句诗企图让这位朋友打起精神:"'来吧,一天风对大树说,和我到草地上做游戏,你看如何?'还记得吗,考勃茨基?"

贝蒂大声地擤了擤鼻子:"莱义布,面包!"

面包师一下子跳了起来,冲向煤气烤炉,把一扇连排门拉倒了。他到的正是时候,他把托盘上的一排排焦黄的面包拉了出来,

221

把它们扣到白铁包皮的面案上。

贝蒂很庆幸这炉面包幸免于难。

莱义布看了一眼店堂。"有顾客。"他高兴地叫道。她红着脸跑到外面的店堂里。考勃茨基看着她走了出去，舔了舔嘴唇。莱义布又开始工作了，把已发好的面团放进平底烤盘的两行浅槽里，要烤新的一炉了。但是这时贝蒂又进来了。

烤炉里新烤的面包发出阵阵的蜂蜜味，吸引了考勃茨基，他深深地吸着这种甜甜的香味，真是太好了，好像第一次尝到空气的味道，激动地用双手击打着胸脯。

"噢，我的上帝，"他差点哭了起来，"太棒了！"

"是用泪水烤成的。"莱义布指了指那块大面团。考勃茨基点了点头。

三十年了，面包师解释说，在他名下没有一分钱。一天，由于太苦了，他哭了，泪水滴进面团里，打那以后他的面包就特别受顾客的青睐。

"我烤的蛋糕他们就不那么喜欢。我的面包和面包圈，他们跑上几里路也来买。"

考勃茨基擤了擤鼻涕，偷偷向店堂看了看，店铺里还有三个顾客。

"莱义布。"几乎是耳语。

尽管他有所准备,但面包师还是一时僵住了。

来访者回过头看见贝蒂去了前面,然后扬了扬眉头,向面包师提出了问题,不过莱义布还是没吭声。

考勃茨基咳了咳,清了清喉咙:"莱义布,我需要二百美元。"他的声音有些嘶哑。

莱义布慢慢坐回面粉袋上。他知道,早就知道,从考勃茨基出现的那一刻起,他心里就一直在嘀咕,是不是为了十五年前丢失的那苦涩的一百美元,要旧事重提了呢?考勃茨基赌誓发愿地说他已经还了,可莱义布说没还,后来两个人闹掰了,经过多少年才把那段不愉快从记忆中抹去。

考勃茨基低下了头。

至少承认是你错了,莱义布心里想,他等了这么多年。

考勃茨基看着他那双伤残的手,是一次切毛皮时切割机弄的,因为工作让他患了关节炎。

莱义布也在凝视着。他的腰带扭结深深地勒进肚子,两只眼睛因白内障而显得浑浊不清。尽管医生说手术后可以看清东西,可是他并不那么想。

他叹了口气。误会都过去了,原谅他吧,看在他那微弱的视力的分上也该原谅他。

"对我而言,这没有问题,可是她——"莱义布朝店面那边示意道,"是我的第二任妻子,我所有的一切都在她的名下呢。"他摊开双手。

考勃茨基把双眼闭起。

"不过,我可以让她……"莱义布有些迟疑。

"我妻子需要……"

面包师举起手掌:"别说话了。"

"告诉她……"

"交给我吧。"

他握住笞帚在屋里扫了一圈,扬起一阵白色的灰尘。

当贝蒂上气不接下气地回到里面时,她只是看了他们一眼,紧闭着双唇,执拗地等在那里。

莱义布匆匆忙忙地在铁制的下水池中清洗烤盘,然后把面包烤盘放在案子下面,将那些散发着香气的面包排列整齐,还不时地向烤炉那面看上一眼:烘烤,一直在烘烤。

面对着贝蒂,他冒出一头热汗,这让他一时也很吃惊。

考勃茨基坐在高凳子上有些局促不安。

"贝蒂,"面包师终于开口了,"这是我的老朋友。"

她严肃地点了点头。

考勃茨基把帽子抬了抬。

"他母亲——愿上帝保佑——总给我热汤喝。我来到这个国家后,我们俩总在一个桌子吃饭,有好几年呢。他的妻子是个很善良的人,叫朵拉——以后你会见到她的。"

考勃茨基轻轻地叹了口气。

"那以前我怎么没见过她呢?"贝蒂问道。都十二年了,她还是很嫉妒他前妻所有过的一切。

"你会见到的。"

"我是说为什么以前没见过。"

"莱义布……"考勃茨基哀求地说。

"我也有十五年没见过她了。"莱义布很诚恳地说。

"为什么没有见呢?"她突然反问一句。

莱义布迟疑一下,说:"因为一场误会。"

考勃茨基把头转了过去。

莱义布说:"是我的错。"

"因为你哪儿也不去,"贝蒂数落他说,"因为你总是待在铺子里,因为你认为交朋友没有意义。"

莱义布连连点着头。

"现在她病了,"他开始切入正题了,"医生说必须动手术,需要二百美元。我答应了考勃茨基……"

贝蒂尖叫了一声。

帽子拿在手里,考勃茨基站起身来。

贝蒂一手捂着胸口,另一只手举到前额,踉踉跄跄地想离开,他俩都跑过去扶她,但是她并没有跌倒。考勃茨基迅速回到高凳子那儿,莱义布也回到下水池处。贝蒂的脸色像面包里面一样发白,轻声对来访者说:"我很同情你的妻子,可是我们不能帮你。很抱歉,考勃茨基先生,我们是穷人,没有那么多钱。"

"一场误会。"莱义布气愤地喊道。

贝蒂跑到橱柜那边把装售货款的盒子一把打开,把里面的钱全都倒在案子上,纸币扬得到处都是。

"钱。"她叫喊着。

考勃茨基猫下腰。

"贝蒂,我们银行里还有……"

"没有了。"

"让我看看存折。"

"就算有几个余钱,你不是都买了人寿保险吗?"

他没有作答。

"你还取得出来吗?"她一脸严肃地问。

店门砰的一声响,它常常这么响,顾客们吵吵嚷嚷地进来买面包。贝蒂重重地迈着脚步,走出去招呼顾客。

在里面的屋子里,那个受伤的人挪动了一下身子,用骨瘦如柴的手指扣上外衣扣子。

"坐。"面包师叹了口气。

"莱义布,我很抱歉……"

考勃茨基又坐下了,一脸悲哀。

贝蒂终于把这拨顾客打发走了,莱义布来到店面房,轻声地对贝蒂说些什么,声音很小,是在耳语,她回答的声音也很小。不过刚过一会儿,两个人又吵起来了。

考勃茨基从高凳子上溜了下来,走到洗手池把手帕洇湿了一些,举向那双干涩的眼睛,然后折起来放回衣袋里,接着掏出一个铅笔刀修指甲。

莱义布在店堂里哀求贝蒂,向她诉苦,他每天工作十几个小时,是那么辛苦、单调、乏味,可是他身上一分钱也没有。如果他连一个好朋友有困难时都不能帮助分担一下,那活着还有什么意义。但是贝蒂一直背对着他。

"请……"考勃茨基说,"不要吵架。我这就走。"

莱义布有些恼怒地看着他,贝蒂站在那儿把头扭了过去。

"唉,"考勃茨基叹了一口气说,"这钱我是为了朵拉才借的,但她不是病了,是死了。"

莱义布哀叹一声,两只手紧握在一起。

贝蒂把脸转过去,看着这位来访者,表情有些木然。

"不是刚死的,"他轻声说道,"五年前就死了。"

莱义布叹了一口气。

"我需要钱是为了给她买个墓碑。她的坟墓一直没有墓碑。下个星期天就是她五周年的祭日了。每年我都对她说:'朵拉,今年我一定给你立一块墓碑。'可是每年我都是两手空空地来到她的墓前。"

那个墓地在众人眼中仍然是空的,这让他感到是一种永久的羞耻。他早就预付了五十美元买下那块墓地,墓基上清清楚楚地刻着她的名字。可是其余的款他始终没有凑齐。这几年来,不是有这事,就是有那事。头一年是手术;第二年是他因关节炎犯病没法坚持工作;第三年他的一个寡妇姐姐的孩子死了,他一年辛苦挣来的钱全部帮助他姐姐渡过难关了;到了第四年,又因烫伤而无法工作,甚至都没有脸面出去见人。今年虽然可以勉强工作了,可是也只能糊口而已。所以,朵拉只能躺在没有墓碑的墓穴里,他知道,说不定哪天他去公墓时,发现她的墓地已经没有了。

泪水从面包师的眼睛里涌出,他看了贝蒂一眼——她的脖子和肩都已松弛下来,看起来很怪——看样子她也被感动了,啊,他胜利了。她现在应该同意了,把钱拿出来,他们应该坐下来一起吃饭了。

但是,贝蒂尽管也在流泪,还是摇了摇头,正在他们期待她要说什么的时候,她冲口说出她的苦难:在她还是个小孩子的时候,她亲爱的父亲被人拉到了满是积雪的野外,连鞋子都没有穿,那枪声把树上的乌鸦惊得满天飞,鲜血浸透了雪地。她结婚一年后,她那可爱的丈夫在华沙死于斑疹伤寒,他是个受过良好教育的会计师,那个年代像他那样的人是不多的。后来她从多年悲痛的阴影中走出来,投奔到德国一位年长的哥哥家,再后来,在二战爆发之前,她的哥哥放弃了自己离开德国的机会,把她送到了美国,而她哥哥还有嫂子和他们的女儿都被希特勒投进了焚尸炉,一家人就这样结束了生命。

"就这样,我在美国遇到了这个可怜的面包师,他一生贫穷,身无分文,也没有生活的乐趣。我还是嫁给了他,只有上帝知道,我怎么会嫁给他。我就用这双手日夜不停地干活,帮助他维持这片小店。十二年的努力,我们终于可以勉强维持生活了。但是莱义布身体不好,眼睛也需要手术。这还不算,万一上帝不保佑,他一旦死了的话,我一个人可怎么办?我能去哪儿呢?如果我身无分文,又有谁,又有哪里可以收容我呢?"

面包师已经听过多少遍这些话了,他一边听着,一边不声不响地嚼着一块面包。

她讲完了,他把一块面包壳扔到一边。考勃茨基在她结束时把两只手举到了耳边。

贝蒂一边流着泪,一边抬起头疑惑地嗅了嗅,突然尖叫一声,冲进后屋,扭开烤炉的门时"啊"了一声,一股浓烟冲她扑来,烤炉里的面包都变成了一块块烧好的砖——烧焦的尸体。

考勃茨基和面包师拥抱在一起,一起哀叹逝去的青春。他们的嘴紧紧贴在一起,然后就永远地分别了。

魔 桶

前不久,在纽约居民区的一间狭小、几近简陋却堆满书籍的房间里,住着一个名叫利奥·芬克尔的年轻人。他在耶西瓦大学①攻读犹太教律法,经过六载寒窗,他终将在六月被授予圣职,出任牧师了。这时一个熟人建议他最好先结婚,这样会更容易取得教徒们的信任。可是,他到目前连个意中人都没有,又谈何结婚呢?他冥思苦想,折腾了两天,到头来还是把一个名叫平尼·萨尔兹曼的人请到家中。萨尔兹曼是个专门为人做媒的。芬克尔曾在《前进报》上读过他刊登的仅有两行字的广告。

一天晚上,这位媒人来到芬克尔住的这座公寓的灰砖大楼四楼黑洞洞的走廊里。他手里提着一只有皮带的黑色公文包,那只公文包由于多年磨损,已经变薄了。萨尔兹曼从事这个行当已有多年。

---

① 耶西瓦大学为美国犹太人在1886年创立的一所私立大学,校址设在美国纽约市。

他身材瘦小，但仪表不俗，戴一顶旧帽子，大衣显得又短又紧。他常常让人闻到鱼腥味，他对此也毫不掩饰，他爱吃鱼。他虽说缺了几颗牙，但看上去并不叫人生厌。因为他总是那么和蔼可亲，而眼神又带有几分伤感。他说起话来娓娓动听，那副嘴唇、一绺轻髯，还有那消瘦的手指配合着那个声音，是那么充满活力，但一旦静下来，他那双淡蓝色的眼睛又显得深沉忧郁。这一特征让利奥宽心了不少，本来这种场合对他来说难免有些紧张。

他开门见山，把请他来的目的告诉了他。他说这全都是为父母着想，他们结婚相对较晚，而目前他仍然孤身一人，形单影只。六年来，他一心扑在学业上，无暇于社交生活，无女友为伴，结果就成了这个样子。这是完全可以理解的。与其自己寻来觅去，令人尴尬地瞎闯，不如请个有经验的人出个主意。他还提到媒人在犹太人社会里是个古老而受人尊敬的职业，它可以使人们的需要变成现实，而事后又不成为人们幸福的障碍。他还说他的父母也是经媒人撮合才成亲的。由于双方家里都很穷，没什么财产，所以他们的婚姻谈不上谁在经济上获益，但至少他们多年来一直相亲相爱，也算是一桩美满的婚姻。萨尔兹曼听着，有点尴尬，也有些惊喜，感到其中不乏为这一项职业的辩解。后来，他也曾觉得这项职业确有一种自豪感，但这种感觉已经消失多年了。他打心眼里赞同芬克尔的看法。

于是他们两个就着手办这件事了。利奥把萨尔兹曼带到屋内唯一敞亮的地方：靠窗的一张桌子旁，从那里可以看到窗外灯火通明的城市夜景。他坐在媒人旁边，面对着他，极力抑制着痒得难受的嗓子。萨尔兹曼急切地打开公文包上的皮带，拿出一沓薄薄的、多次翻弄过的卡片，取下套在上面的松松的橡皮箍。他翻着那些卡片，利奥看着他的动作，听着他发出的声音感到很不舒服。他假装不在看，让眼睛盯着窗外。尽管现在仍是二月，但冬天已近尾声，对于这一时节的种种迹象他已多年没有关注过了。他望着那轮圆圆的明月在云层中穿过，那云朵就像一个个奇形怪状的动物。他半张着嘴，看着月儿钻进了一只大母鸡，又从后面钻了出来，就好像那只鸡生下了一只蛋。萨尔兹曼假装透过刚戴上去的眼镜仔细看卡片上的字，却时不时地偷看着这个年轻人气宇不凡的面庞，满怀欣喜地注视着他又高又直的学者般的鼻子，那双棕色的眼睛透着无限的智慧，两片嘴唇敏感中不乏严肃，两颊黝黑而凹陷，给人以镇定自若的印象。他环顾四周，看到一书架一书架的书，不由自主地、满意地轻轻嘘了一口气。

当利奥看到卡片时，发现萨尔兹曼手中只有六张。

"就这么几张？"他不禁失望地问。

"我办公室里卡片多极了，我说了你也不信，"萨尔兹曼回答说，"抽屉里都堆满了，我现在都把它们放在一只桶里，可并不是每个姑娘都配得上我们即将上任的拉比呀。"

利奥听了脸上一红,后悔他寄给萨尔兹曼的个人履历表填得太详细了。他原以为最好把自己的准确情况和一些细节都告诉媒人,以便更好地了解他,可谁知一下子写过了头,把不是必需的内容也写了上去。

他不太好意思地问道:"你的顾客材料里附照片吗?"

"先看门第,再看陪嫁,以及其他承诺,"萨尔兹曼一边回答,一边解开紧裹在身上的大衣扣子,然后靠在椅子背上,"最后才是看照片呢,拉比。"

"请叫我芬克尔先生,我还不是拉比呢。"

萨尔兹曼满口应诺,却称他为博士,而趁利奥不注意时又改称拉比。

萨尔兹曼扶了扶角质眼镜的镜架,轻轻地清了清喉咙,很卖力似的念着第一张卡片。

"索菲·P.,二十四岁,一年前丈夫去世,无子女,中学毕业,受过两年大学教育。父亲经营批发业,生意兴隆,并有房地产。愿陪嫁八千美元。母亲亲属中有几位是教师,还有一位演员,在第二街颇有声望。"

利奥惊奇地抬头看着他:"你是说她是个寡妇?"

"寡妇也不等于就失去清白,拉比,她可能才和丈夫在一起四个月,而丈夫只是个孩子,或有病。她本不该嫁给他的。"

"我还从来没有考虑过娶个寡妇呢。"

"这就是你的见识少了,其实像这个姑娘这样的寡妇,又年轻又健壮,娶到家去准是个好媳妇。她这辈子都会对你感恩戴德。信我的没错。我现在要是讨老婆,我就找个寡妇。"

利奥想了想,还是摇了摇头。

萨尔兹曼耸了耸肩,微微地表示失望。他把这张卡片放在木桌上,又开始念下一张。

"莉莉·H.,中学教师,正式教员,非代课教员。本人有积蓄,并有新道奇汽车一辆,曾旅居巴黎一年。父亲是有名的牙医,有三十五年临床经验。愿觅职业男性,完全美国化的家庭,莫失良机。"

"我很熟悉这个人,"萨尔兹曼说,"我真希望你能见见她。她可爱极了,还相当聪明,你可以整天和她聊天,谈书籍,谈戏剧,谈什么都行,她对时事也了如指掌。"

"我想你还没说她的年龄呢。"

"她的年龄?"萨尔兹曼眉毛一扬,"芳龄三十二。"

利奥停了一会儿,说道:"恐怕太大了点吧。"

萨尔兹曼不禁一笑:"你多大了,拉比?"

"二十七。"

"你说二十七和三十二有多大区别?我的老婆就比我大七岁,

我吃亏了吗？一点也没吃亏。要是罗斯柴尔德①的女儿想嫁给你，你还能因为比你大几岁而说'不'吗？"

"是的。"利奥毫无表情地答道。

萨尔兹曼知道他说的"是的"其实是"不会"的意思，也没太在意："大五岁算不了什么，我跟你说，你要是跟她生活一个星期，你一定会忘记她还比你大几岁的事。大五岁意味着什么？不就意味着相较于比她年轻的人多活几年、多些见识吗？上帝保佑，对这个姑娘来说，这五年可没白活，她年长一岁，身价就高一等。"

"她在中学教什么？"

"教外语，你听她讲的法语简直和听音乐一样。我干这一行也有二十五年了，对于她我是真心推荐的。请相信我，我可不骗人，拉比。"

"下一张是谁？"利奥突然问道。

萨尔兹曼很不情愿地拿起第三张。

"鲁丝·K.，十九岁，优等生，如有合适人选，父亲愿出一万三千美元现金陪嫁，父亲是医学博士，胃病专家，医术精湛，内弟开服装业，上等人家。"

从萨尔兹曼那副神气看，似乎是打出了一张王牌。

"你刚才说她才十九岁？"利奥对这倒挺感兴趣。

---

① 罗斯柴尔德家族是欧洲著名银行世家，创始人是德籍犹太人，家族数人开设多个银行，遍及欧洲。

"一点不错。"

"她长得好看吗?"利奥脸有点红,"漂亮吗?"

萨尔兹曼吻了吻手指尖:"可爱至极,这一点我可以保证。今天晚上我就给她父亲打个电话,让你看看什么是真正的美人儿。"

利奥还是不放心:"你敢保证她真的那么年轻?"

"这我敢担保,他父亲可以给你看她的出生证。"

"你敢肯定她真的没什么问题?"利奥还是追根问底。

"谁说有问题?"

"我只是不明白像她这样年纪轻轻的,干吗要求媒人说媒。"

萨尔兹曼脸上掠过一丝微笑。

"和你一样啊,你可以去,她也可以来嘛。"

利奥脸红了:"我不是时间来不及了嘛。"

萨尔兹曼意识到刚才说得并不合理,连忙解释道:"是她父亲的意思,这并不是她本人的意思。他希望她的女儿选一个最中意的丈夫。所以他就亲自出马,四处撒网,一旦我们确定了对象,他就会把他引见给她,并促成他们的婚事。这样得到的婚姻要比没有经验的姑娘自己来找好。我本不必告诉你这些。"

"那你认为这个姑娘相信爱情吗?"利奥有些不安地问。

萨尔兹曼几乎要大声笑出来,但还是抑制住了,只是十分冷静地说:"爱情来自意中人,在这以前谈什么爱情呢?"

利奥张了张干燥的嘴唇，但没有说出什么，他注意到萨尔兹曼的眼光已经溜到另一张卡片上去了。他明智地问了一句："她身体情况怎么样？"

"绝对健康，"萨尔兹曼说道，这时呼吸有些困难，"当然了，她的右脚有点跛，是她十二岁时一次车祸留下的。不过她又聪明又伶俐，长得又那么漂亮，谁会注意那点事呢？"

利奥心事重重，站起身，走向窗户。他有一种说不出的痛苦，怪自己不该请媒人来。最后他还是摇摇头。

"为什么不行呢？"萨尔兹曼还不肯放弃，说话的嗓门也提高了。

"因为我讨厌胃病专家。"

"你娶的是女儿，管她父亲是干什么的呢？你结了婚还要他做什么？谁也没有说每周五晚上他必定得到你家来。"

这种不顾脸面的谈话还在继续。利奥打断了他，让他回去了。他走的时候，眼光阴沉忧郁。

打发走了说媒的，利奥心情感到轻松了一些，可第二天他始终打不起精神。他认为这主要是因为萨尔兹曼没有给他介绍一个称心的姑娘。他是不诚心给他这样的主顾介绍。但是当利奥在犹豫是否要找一个比平尼更有经验的媒人时，他又怀疑是否——虽然自己这么做了，而且他也尊重父母的意见——在心底里他根本就不相信说媒拉线这类人。他很快就打消了这个念头，可还是心神不定。他一整天就在林子里转来转去，把一个很重要的约会也错过了；忘了把衣服送出去洗；去百老汇大街吃饭忘了付钱，结果拿着付款单往回跑；女房东和她的一个朋友在街上见到他，很有礼貌地同他打招呼："晚上好，芬克尔博士。"可他居然没认出来。直到天黑，他才平静下来开始认真看书，心里才有些安宁。

就在这时，有人敲门。还没等他说声请进，推销爱情的萨尔兹曼已经站到屋子里了。他面色灰白、憔悴，好像几天没吃饭，随时都会倒地断气那样。可是这位婚姻掮客的肌肉却神奇般地一变，脸上绽开了笑容。

"晚上好，欢迎我来吗？"

利奥点点头，看到他的再次光临，心里挺不安的，可又不想让他回去。

萨尔兹曼仍然满面春风，把公文包放到桌上："拉比，我今天晚上可给你带好消息来了。"

"我已经告诉过你，不要称我拉比，我还是个学生。"

"这下子你再也不用担心了，我带来的是个一流的新娘。"

"如果是这件事，还是不要再提了。"利奥佯作没有兴趣。

"你要是同她结婚，全世界的人都得为你庆祝婚礼。"

"萨尔兹曼先生，请不要再说了。"

"可首先得让我恢复一下体力。"萨尔兹曼虚弱地说。他摸索着公文包的皮带，从皮包里掏出一个油腻腻的纸袋，又从袋里取出一个上面有几粒芝麻的面包圈，还有一条小熏鱼。他的手的动作十分麻利，很快就把鱼的皮剥下来，开始狼吞虎咽地吃了起来。"忙了一整天了。"他边吃边咕哝着。

利奥看着他吃。

"你有切成片的西红柿吧？"萨尔兹曼问道，但有些迟疑。

"没有。"

媒人又闭上眼睛吃起来。吃完后，他小心翼翼地把面包屑捡起来，把吃剩下的鱼包起来，放进纸袋里。他那双戴眼镜的眼睛在屋内四处搜寻，终于发现在一堆堆的书中有一个煤气炉。他摘下帽子低声下气地问："可以喝杯茶吗，拉比？"

利奥有些于心不忍，站起身来为他冲杯茶，还放了一块柠檬和两块方糖，这让萨尔兹曼乐不可支。

萨尔兹曼喝过茶，精神头儿和体力都得到了恢复。

"告诉我，拉比，"他和蔼地说，"昨天我给你看的那三个人你有没有再考虑过？"

"没必要再考虑了。"

"为什么呢？"

"她们都不中我意。"

"那么什么样的才让你中意呢？"

利奥没有回答,因为要回答也只能给一个说不清楚的答案。

萨尔兹曼不等他回答又问道:"你还记得那个姑娘吗?那个中学教师。"

"三十二岁的那个?"

但出乎意料的是,萨尔兹曼脸上绽着笑容:"二十九岁!"

利奥看了他一眼:"怎么又少了几岁?"

"搞错了,"萨尔兹曼承认错误,"今天我和牙医谈过了,他把我带到保险柜取出她的出生证明给我看。去年八月她正好二十九岁。去年过生日时,她正在山里度假,他们还给她开了个晚会呢。她父亲第一次告诉我时我忘了记年龄,我告诉你三十二岁的是另一个客户,她是个寡妇。"

"你告诉我的就是那一个,我记得她不是二十四岁吗?"

"另一个寡妇,现在世界上就是寡妇多,这能怪我吗?"

"当然不能怪你。不过,我对寡妇不感兴趣,对那个中学教师也不感兴趣。"

萨尔兹曼双手紧握放在胸前,两眼望着天花板,虔诚地说:"我的犹太孩子啊,对中学教师都不感兴趣的人,我该怎么办呢?你到底对什么感兴趣呢?"

利奥有点来火,但控制住了自己。

"你还能对什么感兴趣?"萨尔兹曼继续道,"如果你对能讲四国语言、银行里有一万美元私人存款的好姑娘都不感兴趣的话。再说，她爸爸还答应再给一万二千美元。她手头有辆新车，有的是好衣裳，还可以和她谈天说地，她能给你一个一流的家，还有孩子，你简直进了天堂一般。"

"她要是那么好，为什么十年前不结婚呢？"

"为什么？"萨尔兹曼哈哈大笑，"为什么？还不是她太挑剔，这就是为什么，她总想要最好的。"

利奥不吱声了，心里感到好笑，绕来绕去把他给绕进去了。不过萨尔兹曼把他的兴趣引向了莉莉·H.，而且他开始认真地考虑去拜访她的事了。当这位媒人注意到利奥真心地考虑他所提供的选择时，他感到他们很快就可以达成协议了，这一点他心里有数。

一个星期六的傍晚时分，利奥·芬克尔和莉莉·赫斯科恩沿着河滨路散步，但利奥总感到萨尔兹曼如影随形地在身边。他脚步轻快，腰板挺拔。他特意戴上一顶黑色软呢礼帽，帽子是他今天早晨从橱柜架上落满灰尘的一个帽盒里取出来的；身穿一件黑色的礼拜服，这件衣服他也上上下下掸得一尘不染。利奥还有一根手杖，是一位远亲送给他的一件礼物，他本想拿着，但后来很快打消了这个念头。莉莉长得小巧玲珑，不算难看，一身初春时节的装束。她对各种话题都能谈论一番，挺跟形势的，而且都谈得很生动。他掂量着她的话，真的挺棒，从这一点上来说，得给萨尔兹曼记上一分。但他不安地感到这个人就在他们附近什么地方，例如，躲在街道两旁的某棵高树上，用小镜子给这位女士发送信号，或像潘神[①]一样，隐起身形，在他们前面一边跳舞，一边吹着婚乐，并将野花的花蕾和紫葡萄洒在路上，象征着结婚生子，尽管这场婚姻八字还没有一撇呢。

莉莉说："我在琢磨萨尔兹曼先生是个挺古怪的人，你说呢？"她这话把利奥吓一跳。

他不知该怎么回答好，只好点点头。

她鼓起勇气红着脸继续说："首先我得感谢他介绍我们相识，你说呢？"

他有礼貌地回答说："我也一样。"

"我是说，"她笑着说，"我们这样认识，你不介意吧？"她的笑大方得体，起码不俗气。

利奥倒挺喜欢她这股坦诚劲儿，心里明白她想使这种关系发展下去，也知道要做到这样也是需要一些生活经验和勇气的。一个人如果没有点过去的经验是没法一开始就这么开诚布公的。

他说他不介意。萨尔兹曼的职业是传统的，也是让人尊敬的，

---

① 潘神，希腊神话中的人身羊足的畜牧神，爱好音乐。

如果有所收获,当然是有价值的,不过,他也经常是徒劳无功的。

莉莉叹了一口气,算是表示赞同。他们继续走了一会儿,经过一段沉默,她不自然地笑着问道:"如果我问你一些带点隐私性质的问题,你不会介意吧?说实在的,我感到这个问题挺令人着迷的。"明知利奥对此只耸了耸肩,她还是有些尴尬地说:"你是怎么笃信上帝的?我的意思是,是不是一种热情的冲动?"

利奥停了一会儿,慢慢地回答说:"我一直对律法感兴趣。"

"你在摩西律法里看到上帝显身了吗?"

他点了点头,想换个话题:"我听说你曾在巴黎待过一段时间,赫斯科恩小姐?"

"噢,一定是萨尔兹曼先生告诉你的吧,芬克尔拉比?"利奥皱了皱眉,但她仍然继续说着,"那是多少年前的事了,我几乎都忘了。我记得我是因为姐姐结婚才回来的。"

而莉莉仍不肯放弃原来的话题。"什么时候,"她用颤抖的声音问道,"开始迷恋上帝的?"

他瞪了她一眼,后来渐渐地明白了她在谈论的不是他利奥·芬克尔的情况,而是一个完全陌生的人,一个神秘的形象,或者是一个萨尔兹曼为她编造出来的最热情的预言家——与活人和死人都没有关系的人。利奥气得直发抖,浑身发软,感到没劲儿。这个骗子一定是耍了个花招,编造些故事先骗了她,又骗了他。他本想见的是个二十九岁的年轻女士,可结果他看到的(此刻才认真看了看)是张既紧张又急切的脸,一个已过三十五岁而且很快就会老下去的女人。要不是他尚有一些自制力,早就把她赶走了。

"我并不是,"他严肃地说,"一个有天赋的虔诚信徒。"他揣摩着措辞想继续说下去,但有一种很强烈的羞怯感,"我想,"这时他很紧张,"我信上帝,并不是因为我爱他,而是因为我并不爱他。"

这份供状听起来是那么刺耳,他自己也始料未及,这让他很震惊。

莉莉这时也哑口无言了。利奥仿佛看到大片大片的面包像鸭子似的从头上飞过,就像他昨天夜里靠数着面包才睡着。感谢上天,下雪了,他不必再冒着雪继续忍受萨尔兹曼的算计。

利奥恨透了那个说媒拉线的,发誓他若再来非把他给扔出去不可。幸好萨尔兹曼那天晚上没有来,但当利奥的气消下去之后一种难以名状的绝望袭上心头。起初他还以为是对莉莉的失望引起的,过了不久他明白了,原来是从找萨尔兹曼的一开始,他自己心里就没有个谱儿。他渐渐意识到,他无法抵御那种空虚感。他自己没能耐去找个对象,所以才找来个说媒的。这个可怕的事实是从他与莉莉·赫斯科恩小姐的会面和谈话中才悟出来的。她追根刨底地盘问曾令他十分生气,可也让他明白了——比莉莉本人更明白——他与上帝的关系到底是怎么回事。从这里得到启发才恍然大悟,原来他除了父母之外，从未爱过任何人，或者是相反的情况，因为他不爱人类，也不可能全力地去爱上帝。对利奥来说，现在他的一生赤裸裸地展现在他的面前，他也第一次看到自己的真实面目：不爱别人，也不被人爱。这番令人痛心却并非完全没有预料的彻悟让他惊恐不安，他极力地控制着自己，用手捂着脸，哭了起来。

接下来的一周是他一生中最难熬的日子，他吃不下东西，体重下降了不少，胡子长了出来，衣服破破烂烂。讲座不去听，书也懒得翻。他真想离开耶西瓦，退学算了，可这么一来六年心血就会功亏一篑，就像把好好的一本书扯成一页一页的撒满大街，这更会让父母伤心欲绝的。可是他活到现在连自己都不认识了，白读了摩西五书①。还有那么多的评注本，却连这个道理都没悟出来。他感到求教无门，在一片孤寂之中心无所依。虽然有时他也想到莉莉，但也不至于能让他立即下楼去打电话。他变得暴躁易怒，尤其是对女房东，她老是打听别人的私事。可有时他感到是自己的不是，就在楼梯处把她拦住向她道歉，弄得她不好意思，只好跑掉。不过，从中他也找到一种慰藉：他是个犹太人，而犹太人生来就是受苦受难的。当这个漫长而可怕的星期快熬到头的时候，他终于恢复了以往的平静，对生活也有了目标：一切按原计划去做。尽管他并非完

---

① 指《圣经·旧约》中的开头5章：《创世记》《出埃及记》《利未记》《民数记》《申命记》。

美，但理想可是完美的。至于找老婆的事，一想到还得找下去，又让他心焦，让他不安。不过，这次对自己有了新的认识，或许会比以往成功些。大概是既然他已有了爱，而新娘就会循爱而来，这本是一种神圣的追求，为什么要媒人呢？

媒人在那天晚上又来了。他现在骨瘦如柴，眼神焦虑不安，看上去仍是一副希望落空的样子，好像在莉莉·赫斯科恩小姐身边等电话，等了一周也没听见回音的模样。

萨尔兹曼咳了咳，立刻切入正题："你感觉她怎么样？"

利奥一下子火了起来，禁不住责问媒人："你为什么骗我，萨尔兹曼？"

萨尔兹曼本来就苍白的脸现在如死灰一般，好像整个世界都坍塌下来，压在他的身上。

"你不是说她只有二十九岁吗？"利奥逼问。

"你听我说……"

"她已经三十五了，这还是少说。"

"我也不太有把握，是她父亲告诉我……"

"这还不算，更重要的是你对她也撒了谎。"

"我怎么会对她撒谎呢，你告诉我？"

"关于我的情况你向她说得很不真实，你把我吹得天花乱坠，可实际并不是那么回事，她还以为我是个半神一样的神奇拉比。"

"我只说你是个虔诚的教徒呀。"

"你说什么,我都想象得出。"

萨尔兹曼叹了口气。"这正是我的弱点,"他坦白地说,"我老婆就说我别把这种事当买卖来做。可是我一看到两个可心的人就要结成一对,就忘乎所以了,说得自然多了些。"他苦笑一下,"所以,我才落了个穷光蛋的下场。"

利奥的气也消了:"算了,萨尔兹曼,我想就这样吧。"

媒人用贪婪的眼光盯着他。

"那你就不要老婆了?"

"要,"利奥说,"不过我想通过其他的途径。我对经人介绍的婚姻不感兴趣了。说实在的,我现在倒是认为先恋爱后结婚是有道理的,我要先与人有了爱情之后再同她结婚。"

"爱情?"萨尔兹曼很惊讶地说,过了一会儿他开始评论,"对于我们来说,爱情就是我们的生活,不是为了女人。在犹太人社区里,她们……"

"我知道,我知道,"利奥说,"我最近常常想,对我来说爱应该是生活和崇拜的结果,而不是为了爱情而创造爱情。我认为对我而言,建立一个我需要的标准,并去实现它是很有必要的。"

萨尔兹曼耸耸肩膀,然后回答说:"听着,拉比,如果你需要爱情,这我也能办到。我有不少漂亮的主顾,包你一见倾心。"

利奥不高兴地笑了笑："恐怕你不明白。"

萨尔兹曼急忙从公文包里掏出一个牛皮纸袋。

"照片。"他说，并飞快地把牛皮纸袋放在桌子上。

利奥叫他把照片拿走，但萨尔兹曼刚放下照片，就像长了翅膀一样，一阵风似的消失了。

三月来临，利奥的生活已恢复了正常。虽然仍有些不舒服——打不起精神——他还是打算多参加一些有益的社交活动。这当然是要花钱的，不过他平时很节省，在实在不能节省的情况下也是精打细算的。这段时间萨尔兹曼的那些照片就在桌子上放着，上面已经落了一层灰尘。偶尔利奥在看书或喝茶的时候，也注意过这叠照片，却从来没想打开看一看。

日子一天天过去，没有什么社交生活，更不用说与异性交往的机会——就他目前的情况而言，这类活动的机会是极少的。一天早晨，利奥懒洋洋地爬上楼梯，进了房间，站在窗前看着街景。虽然天气晴朗，他眼前的景色却暗淡无光。他注视着下面街上的人群行色匆匆，又转过头来看看自己的小房间，不免心情郁闷。桌子上摆着那袋照片，他突然狠狠地把它一下子撕开。他兴奋地在桌旁站了半个小时，仔细地看着萨尔兹曼装在里面的一张张照片。最后，他长长叹了一口气，把它们放下了。一共六张。乍一看去，各有动人之处，可是看久了她们就都变成了莉莉·赫斯科恩：韶华已逝，青春不再，在一张张笑脸背后隐藏着一颗颗饥渴的心，没有一张显示出个性的照片。光阴没有理会她们拼命的呼唤，从她们身边匆匆流过，她们成了躲在带有鱼腥味公文包里的一沓照片。过了一会儿，利奥想把它们装回信封口袋，他发现里面还有一张，是那种花二角五分钱就可以得到的快照。他端详了一会儿，不由得低声叫了起来。

她的面容深深打动了他。是什么让他着迷他也说不清，给他的印象是一种青春的气息，就像春天的鲜花，而年龄又有一种岁月消磨的痕迹；这是从那副眼神中看出来的，那眼神是那么熟悉，萦绕不去，又是那么陌生。他分明感到与她似曾相识，可怎么也想不起来。他几乎都可以回忆起她的名字、认得她的笔迹。不，怎么会这样呢？他一定会想起来的。他承认，打动他的并不是她非凡的美貌，不，尽管她的确十分动人，但一定是她身上的某种东西。如就五官而论，照片上的那几位女士有的甚至更好些，她却能闯入他的心，让他心动，她是真正地生活过的，或想要真正地生活——甚至不仅想要，可能还悔恨过过去的生活，曾经遭受过种种痛苦：从那迟疑的眼光深处，从她与她内心所蕴藏和所放射出的光彩来看，她在开启一个新的天地，这里有各种希望，她自己的天地。她正是他所企盼和向往的。由于长时间的注视，他感到有点头痛，眼睛也眯了起来，不一会儿，他突然感到心里一团迷雾一下子膨胀起来，他感到有点怕她，想到是不是接受了一个邪恶的印象？他有些发抖，轻声地自言自语。我们每个人有时都有这样的感觉。利奥沏了一小壶茶,没有放糖就喝了起来,使自己静一静。没等喝完,他又拿起照片,仔细看看,那个脸蛋的确不错:正适合利奥·芬克尔。只有这样的人才能理解他,才能帮助他追求他所要追求的。他想,她很可能会爱上他。她怎么会埋没在萨尔兹曼的那袋子废卡片里呢?他怎么也猜测不出来。他想到的就是立即找到她。

利奥冲下楼去,抓起布朗克斯区①的电话号码簿,翻找萨尔兹曼家的地址。上面没有,连他办公室的地址也没有。他又查了一下曼哈顿区的电话号码簿,还是没有。但是利奥记得那天读他登在《前进报》"私人事务栏"上的广告时,曾把地址记在一张纸条上。他跑回房间,翻他那些纸堆,可是运气不佳。真是急死人。该需要这个媒人了,他又不知躲到哪儿去了。幸好他翻了一下皮夹子,在一张卡片上写着他的名字和布朗克斯的地址。上面没有记电话号码,利奥想起来了,他们一开始就是通信联系的。他穿上大衣,没摘便帽就戴上了礼帽,直奔地铁车站而去。在去布朗克斯区尽头的一路上,他坐都坐不稳,几次想掏出照片看一看那姑娘的脸,是不是和他记忆的是一个样子,但他克制住了,还是让那张快照待在大衣里面的口袋里吧,她和他贴得这么近,他就心满意足了。车还没

---

① 布朗克斯区是纽约的城区之一。

到站他已在车门外等候了。车门一开,他就冲了出去。他很快就找到了萨尔兹曼在广告上所说的那条街。

那座楼和地铁相距还不到一个街区,可那不是座办公楼,甚至都不是出租门面的统楼,也不是那种可以出租办公室的大商店,而是十分破旧的老式公寓房。利奥在门铃下面一张脏兮兮的纸签上看到用铅笔写的萨尔兹曼的名字。他爬过三层黑洞洞的楼梯,来到他的门前,他敲了敲房门,开门的是一个患气喘病、头发灰白的瘦女人,穿着一双毡拖鞋。

"干吗?"她问,期望什么事也没有,她的样子似听非听的。他可以发誓,这个人也好像见过似的。但那一定是幻觉。

"萨尔兹曼——是不是住在这儿?平尼·萨尔兹曼,"他说,"是个做媒的。"

她盯着他看了好一会儿才说:"当然。"

他有点不好意思:"他在家吗?"

"不在。"她的嘴虽然还张着,但不再说什么了。

"事情挺急的。你能不能告诉我他的办公室在哪儿?"

"在天上。"她向上指了指。

"你的意思是他没有办公室?"利奥问道。

"在他的袜子里。"

他向屋里偷偷溜了一眼。里面没有阳光,又乱又脏,一间大屋中间用一个帘子一分为二,帘子拉开一半,帘子里面有一张中间凹陷的铁床,靠门这边的房间里墙边有几把摇摇晃晃的椅子、一个旧橱柜、一张三条腿的桌子、放锅碗瓢盆的架子以及各种厨房用具。但是没有萨尔兹曼和他那只魔桶的影子,大概这也是想象的一部分。一股炸鱼味呛得利奥两腿发软。

"他到哪儿去了?"他还没死心,"我想见你的丈夫。"

她终于说了一句话,算是回答:"谁知道他到哪儿去了?他一有个主意就跑一个地方去。回去吧,他会去找你的。"

"告诉他我叫利奥·芬克尔。"

她没有任何表情,也不知听见没有。

他失望地走下楼。

但是萨尔兹曼气喘吁吁地已在他的门口等候了。

利奥十分惊讶,大喜过望:"你怎么跑到我前面来了?"

"我是赶来的。"

"快进屋。"

他们进了屋。利奥沏水倒茶,又给萨尔兹曼拿了一个沙丁鱼三明治。他们喝茶时他从身后把那叠照片拿过来递给媒人。

萨尔兹曼放下茶杯期待地问:"有你相中的吗?"

"这里没有。"

媒人把脸转了过去。

"这儿倒有一个是我所要的。"利奥把快照取了出来。

萨尔兹曼戴上眼镜,用颤抖的手接过照片,他的脸色变得很难看,并呻吟了一声。

"怎么啦?"利奥喊道。

"对不起,这张照片弄错了,她不是给你看的。"

萨尔兹曼激动地把那个牛皮纸袋塞进皮包,又把那张照片塞进自己的衣袋,转身跑向楼梯。

利奥愣了一会儿立刻追了上去,在门厅那儿把他拦住了,女房东见状尖叫一声,但他们两个谁也没有理会。

"把照片给我,萨尔兹曼。"

"不给。"他眼里的痛苦神情叫人害怕。

"那你告诉我她是谁?"

"对不起,我不能告诉你。"

他想走,但利奥不顾一切地一把抓住他那件瘦小的大衣,拼命地摇他。

"求你别这样,"萨尔兹曼叹着气说,"求你别这样。"

利奥很难为情地放开手。"告诉我她是谁,"他哀求道,"这对我太重要了。"

"她不适合你。她太野,没有廉耻,她不配嫁给一个拉比为妻。"

"你说野是什么意思?"

"就像牲畜,就像狗。在她看来贫穷就是罪恶。正因为这样,我就当她已经死了。"

"以上帝的名义,你这是什么意思?"

"我不能把她介绍给你。"

"你为什么这么激动?"

"你问为什么?"萨尔兹曼说,眼泪夺眶而出,"她是我的孩子,我的斯特拉,她该下地狱,该烧死。"

利奥匆匆忙忙上床,蒙上被子,在被窝里他把他这一生前前后后想了一遍。尽管他很快就睡觉了,可还是忘不了她。他醒来,捶捶胸,他祷告,请求上帝别让他再想她,但是不灵。几天来他痛苦煎熬,希望不爱她,可又怕真的不爱她了。他不再想这件事了。他最终下了决心,让她向善,而自己皈依上帝。这一想法一会儿让他厌恶,一会儿让他兴奋不已。

在百老汇街的一家小餐厅里他又遇到了萨尔兹曼,这时他才意识到他已做出了最后的决定。萨尔兹曼一个人独自坐在后面的一张桌子旁吮着鱼骨头上的残肉,他形容枯槁,快瘦成了皮包骨。

"萨尔兹曼,"他说,"爱情终于来到我心间。"

"看了一张照片就产生了爱情?"媒人挖苦道。

"那也不是不可能的。"

"如果你能爱她,那你就能爱任何人,我给你看几个新主顾吧,她们刚给我寄来照片,其中有一个可真是个小宝贝儿。"

"我就要她。"利奥口中还念叨着。

"别犯傻啦,博士,别为她劳神了。"

"让我和她见个面,萨尔兹曼,"利奥有些卑微地乞求了,"或许我能效点劳。"

萨尔兹曼不再吃了,利奥明白事情已经定下来了。

在离开餐馆时,他心里还是有点不是滋味,他怀疑整个事情到了今天这一步,是不是都由萨尔兹曼一手策划的。

利奥收到她的信,她说要在一个街拐角的地方约他相见。果然,在一个春天的夜晚,她等候在一柱街灯下。他来了,手里拿着一束紫罗兰,还有含苞欲放的玫瑰花。斯特拉站在街灯下,吸着烟。她穿了件白衣裙,红鞋子,这正是他所期望的,只是当时一时慌乱,以为她穿的是红衣服白鞋子。她在那儿等候着,有些不安,也有些害羞。从远处他就看到她那双眼睛——和她父亲一模一样——无比的纯洁无邪。他从她身上构思着自己的救赎。空中回响着提琴声,闪烁着烛光。利奥跑过去,手中的花冲着她。

拐过这个街角,萨尔兹曼靠着墙,在为死者祈祷着。

一九五三年

不幸者的人道主义代言人

(代译后记)

伯纳德·马拉默德一九一四年出生于美国纽约市布鲁克林区的一个犹太家庭。父母亲是俄国裔美国移民,父亲是个小店主。他在三十岁之前基本没有离开过这个出生地。他中学毕业后考入纽约城市学院,四年后获学士学位。毕业后他为帮助父亲维持家庭生活,曾在布鲁克林区的一所中学当见习教师,但只工作了一年。后来又在市财产调查局做过一段时间的财产调查员。一九三九年赴哥伦比亚大学深造,主攻英国文学,一九四二年获硕士学位。在此后的很长一段时间里,在布鲁克林区和哈莱姆区的夜校教书,其对象主要是贫苦的移民,因此,他十分熟悉并同情这些挣扎在社会最底层的人民。这些人后来也成了他文学作品中所描写和刻画的主要对象。一九四九年马拉默德到俄勒冈州立大学教授写作课,一直到一九六一年。在此之后,他到本宁顿学院教授语言文学课,一九六六年到一九六八年,曾在哈佛大学讲学,后又返回本宁顿学院,直到一九八六年三月十八日逝世。

马拉默德是当代美国最重要的作家之一,是继索尔·贝娄之后出现的又一名犹太人作家。从四十年代初从事写作并发表作品,在以后的几十年中一直不间断写作,创作长篇小说七部:《呆头呆脑的人》(1952)、《店员》(1957)、《新生活》(1961)、《修配工》(1967)、《房客》(1971)、《杜宾传》(1979)、《天恩》(1982),五十余部短篇小说(美国一九九七年出版的《马拉默德短篇小说全集》共收集了他的短篇小说五十三篇,这个中译本选其主要短篇小说十三篇)。其中不少作品获得各种文学奖,在欧美及世界文学界享有很高的声望。著名文学评论家理查德·伯恩斯坦曾在《纽约时报》撰文称"马拉默德是当代短篇小说大师,是可以和契诃夫和巴别尔相提并论的小说家"。杰伊·坎特说他"是本世纪的最优秀的短篇小说家之一"。他曾担任过美国作家协会的常务理事,国际笔会美国分会的主席等职务。

马拉默德是个天才的作家,而其天才更主要表现在他的短篇小说中。如评论家罗伯特·阿尔特所说:"马拉默德的真正天才体现在他的短篇小说中,在这一领域,他突出了对孤独人物的逆境的逼肖刻画。在他的几部力作中,他以十分精湛的笔触表达了丰富的思想内涵和人物十分细腻的情感,表现了他高超的艺术手法和敏锐的洞察力。他的语言简练到不能再简练的程度。人们要了解二十世纪的美国小说,这些故事是不可不读的。"

他的作品主要是以社会最底层的人物作为描写对象的,在字里行间我们可以深切地体会到他对这些人物的同情,也可以看到他们、尤其是犹太人移民的苦难生活,同时也表现了他们的坚忍的生活毅力,赞扬了他们的高贵品质,并通过他们反映出更广大范围的人类世界。人们把马拉默德这种写人的精神从痛苦和孤独中得到升华的基调称之为"不幸者的人道主义",而马拉默德正是这种不幸者的人道主义的代言人。

马拉默德成长和生活的前半生正是世界局势动荡、经济萧条时期,如长达数年之久的世界性经济大萧条,正是马拉默德上中学和大学期间。他大学毕业后,这次经济萧条的余波仍未平息,美国经济尚未完全复苏,失业人口居高不下,寻找工作成了一个大问题。紧接着是法西斯主义的兴起,对犹太人的迫害和屠杀,第二次世界大战的爆发,广岛的核爆炸,长期的冷战对峙,麦卡锡主义等等,这些马拉默德都亲身经历了或间接地感受了。作为一名犹太血统的作家,这些灾难给他留下的心灵创伤和烙印要比其他人多得多,也深得多。有人称这一阶段历史是"穷凶极恶的时代",在这一时代里,犹太民族所受到的屠杀、迫害、歧视,他们所忍受的贫穷、饥饿、屈辱,更使他们成为人类灾难的最典型的受害者。从《圣经》中关于他们历尽艰辛穿越沙漠,前往耶路撒冷创建家园的史话，到他们流亡世界各地四海为家，以及在近代史中又遭到法西斯惨绝人寰的种族灭绝式的屠杀，犹太人的历史构成了一段最悲壮的史诗。他们受尽了人间的种种磨难，但仍生生不息，顽强地生活在这个世界上，养成了一种无比坚忍的性格，也培养了一种拼搏求存的精神。马拉默德正是看到了他们这种在失败中不放弃微小的希望，在苦难中保持道德的纯洁，并努力达到一种精神自由这一点；也看到他们对世界的正义、欢乐和幸福充满力量，而在悲惨的现实中默默地、不反抗地争取生存地位的顽强精神。马拉默德认为这是世界芸芸众生的小人物所具有的共同特征。也正是基于这一点，他曾指出："所有的人都可能是犹太人，只不过他们自己没有意识到而已。"这种广泛意义的"犹太人"实际是指人们孤立无援而又无所依傍的一种生存状态，也指那些在马拉默德小说中所表现出的种种抽象道德概念，如苦干、诚实、宽容、忍耐、责任感等等。当然，他们也并非没有缺点和不足，如耍些小手腕骗些钱财，或行为猥琐，等等，但我们一旦发现他们这样做有时只是为了一餐一饭或仅为了生存，或为了妻儿的生存，我们不仅会把原来的鄙视化为同情，而且会为他们的生活境况而唏嘘不已，为他们的责任心所深深打动。这也会让我们联想到世界上另一个特殊民族，吉卜赛人，他们也常以类似手法谋生，而又有谁会对他们产生厌恶和偏见呢？

马拉默德笔下的犹太人的生存环境向世人展示了一幅凄惨的

画面，他们住的往往都是最脏、最破旧、最拥挤的区域；所栖居的公寓几乎都是"墙皮剥落"或废弃的库房，甚至是借助断壁残垣垒起的临时性棚户；又黑又暗的楼梯；室内只有残破的桌椅和凹陷的床；他们的房子没有门牌号码，只是用粉笔或铅笔在门上写的"名片"。但是就是在这样常人所不堪忍受的恶劣环境中，他们仍保持着积极向上的精神，没有泯灭人性的善良，不忘记对幸福的追求和向往。

同情与宽恕是人类之爱的典型美德体现。马拉默德的小说在这方面也有充分的展示。例如，他的名篇之一《最后一个马希坎人》中的费德尔曼，他本是个穷学生，来到意大利做艺术史方面的调研，但刚到罗马就邂逅一个流落罗马的移民流浪汉萨斯坎德，他曾多次帮助他，但萨斯坎德并没有以德报之，而是因向费德尔曼要一身套装遭到拒绝而以怨报德，偷走了他的手稿，费德尔曼几经周折找到了他。这里，马拉默德采用了虚实结合的手法：在似梦似醒之间，费德尔曼发现萨斯坎德已经焚毁了手稿，然而在他真正了解了萨斯坎德的生活窘况与困境后，非但没有追究，反而又送给了萨斯坎德一套衣服。这不仅向我们展示了一种同情与宽恕的博大胸怀，也从另一方面让我们看到一个社会最底层的移民流浪汉的艰苦谋生，为生存而不断努力的真实情况，他们生活状况是那么悲惨，但我们很少看到他们的悲观情绪，而只是顽强地挣扎求生并对生活充满希望。其中在萨斯坎德那破旧不堪的冰冷的破屋里,居然还养着一条瘦瘦的金鱼,那金鱼仍在这小天地里游来游去,还活泼地摆动着尾巴。这不仅说明他对生活的热爱,也成了他自身的写照与象征。

仁爱、宽厚是犹太人的一种天性,追求幸福、追求美好的未来,也同样是他们的共同特征。但一旦两者发生矛盾或冲突,他们往往是以一种宽大广博的胸怀来消解,而不是用以牙还牙、以眼还眼的报复。这种矛盾的刻画在马拉默德的小说中也不乏其例,《头七年》《魔桶》中都是写老父亲为女儿选择女婿的故事。这些老人或本身境遇不佳,或病魔缠身、穷困潦倒,但都希望自己的女儿有一个好的归宿,他们不顾颜面,四处奔波,想方设法地努力,都为着这一美好的目的,他们有的成功了,有的失败了,但无论结果如何,他们这种对未来美好生活的向往,对子女真挚的情感是令人十分感动的。尤其是那些失败者,他们都无不是以十分宽宏的胸怀接受了女儿们自己的选择,也原谅了那些拒绝女儿婚事的青年人。其中《魔桶》是十分有名的短篇。主人公利奥·芬克尔是个学习犹太教律法的学生,有较好的前景,为人也很好,被一个以说谋为生的萨尔兹曼所看中,萨尔兹曼生活十分贫困,一心想为自己的女儿找一个像芬克尔这样的年轻人为婿,但是他欲擒故纵,使得芬克尔几乎丧失信心的情况下,才让他与女儿见面,故事十分生动地刻画了萨尔兹曼的形象。当他看到女儿和芬克尔终于走到了一起,他在为她真诚地祝福祈祷。故事一方面表现了慈父的爱,也表现了他们不放弃任何希望追求美好生活的向往,他们这一辈不行了,但仍不放弃为下一代谋求一个更好的生活环境。当然这种慈父的愿望并非总能如愿以偿。《头七年》情况就是如此。

《头七年》是早已为不少中国读者所熟知的故事。费尔德是一个鞋匠,他想为女儿选择一个读书的大学生为婿,可是女儿却偏偏爱上了在他父亲店内打工的从波兰逃亡来的比她大七八岁的索贝尔,五年来他不计报酬,任劳任怨,为费尔德支撑着鞋店,但得知老鞋匠欲把女儿嫁给一个素不相识的大学生时气得辞了职。但是他也仍然忍不住把他的心愿向费尔德说了出来,这令他十分吃惊也十分气愤。但当他知道女儿也对他有意,而他生意又离不开他时,尤其是为他了为了爱情而苦苦等待了五年(而且还将再等待两年)那么无怨无悔,而且又为爱情而默默地忍受着那么多的内心痛苦所深深打动。他终于有条件地答应了这门亲事。

上面几个故事都不是直接的爱情故事,而且对犹太人的这一问题也只是侧面反映。直接涉及这两个问题的是《湖畔女郎》这个短篇故事。这是一篇十分美丽而凄婉的爱情故事。美国籍犹太青年亨利·利文去意人利旅行,偶遇美丽的犹太姑娘伊莎贝拉。但他怕伊莎贝拉知道他是犹太人而不会爱他,于是向她隐瞒了真相。可谁知，这位欧洲姑娘对自己是犹太人毫不隐瞒，而且受过法西斯的迫害，至今仍留着受刑时留下的伤痕。她认为她不能嫁给一个非犹太人，因为她不想隐瞒过去，而是要牢记自己的历史："我的过去对我很有意义，我十分珍视以往所受到的苦难。"这时亨利再想解释他也是犹太人时，为时已晚，他因害怕承认自己的民族而痛失了爱情。这个故事虽说是一个爱情故事，但其意义早已超出这一界限，这也不仅仅是对一个爱慕虚荣的青年的惩罚，而是应如何看待自己民族的大问题。伊莎贝拉勇敢地承认她是犹太人，并把民族情感置于爱情之上，充分体现了她对自己民族是充满情感、充满希望、充满信心的。正是因为绝大多数犹太人都有这样一种民族精神才使这一分散到世界各地的民族仍保持着共同的信仰、共同的愿望、共同的信念与理想。他们为自己是犹太人而感到骄傲。在《天使莱文》一篇中，马拉默德借天使莱文之口说："我生来就是（犹太人），而且至死未变，心甘情愿。"这正是民族精神的顽强体现。所以《湖畔女郎》这篇故事绝不仅仅是一篇爱情悲剧，也可以说是一篇进行民族精神教育的素材，它告诫犹太民族的每一个成员，不要忘记自己的民族，要记住它的苦难过去，悲惨的现实，但不要放弃未来的希望。

马拉默德通过小说的形式对无处不在的人类灾难作了历史的反思，对犹太人的坚忍精神和苦斗精神给予了充分肯定，对他们的艰难境遇表示了同情，对他们所受到的不公正待遇而愤愤不平。在小说中，我们可以听到这样的声音："为什么灾难总降落到我们头上？""犹太人生来就是受苦难？"但是他们并不自怨自艾，更不自暴自弃，而是在像野草的种子一样，到任何一个地方都会落地生根。不管条件多么艰苦，也不管生活多么艰辛，他们都在那里生生不息，顽强生存，这样的生存环境不仅养成了他们坚忍的精神，也培养了理性思维，这一民族孕育了不仅有马拉默德、贝娄、辛格、布罗茨基等一大批优秀的文学家，也孕育出一大批思想家、哲学家和科学家。这些人尽管个人经历不尽相同，但都或多或少有着这一民族所经历的种种磨难的烙印：如歧视、迫害、屠杀，等等。虽然马拉默德很少正面描写法西斯暴行，但对其在犹太人生活和思想上造成的影响倒是比比皆是，几乎每一篇故事都直接或间接、或隐或显地反映出来。可以说马拉默德的小说几乎都是围绕犹太民族性这一主题展开的，他讴歌了他们高尚品质，展示了他们悲凄的生活境况，抒发了对生活的热爱，抨击了那些种族歧视的思想，控诉了迫害犹太民族的法西斯暴行。他曾说过："我写犹太人，一是因为我了解他们，但更主要的是，犹太人绝对是生活戏剧的最好素材。"这是因为他们最集中、最典型地代表着现代人所遭受的不幸一面：他们在强大的社会势力压迫下屡遭挫折，历经磨难；同时也代表了人们进行不屈不挠的人生奋斗和理智追求的向上一面。马拉默德的小说不仅是我们了解二十世纪美国小说的一个重要窗口，同时也是映照人类自身的一面镜子。他小说中所贯穿的犹太性，实际上也是世人几乎都拥有的一个共性，对每个人来说都是一部极好的人生教课书。

马拉默德的作品视角独特，几乎没有十分具体的背景，没有完整的故事叙述，但是人们不难明白其背景含义和故事所包含的深刻内涵，他的笔调十分精练，惜墨如金，语言十分形象生动，写作手法也十分巧妙，真实与虚幻水乳交融，而且从最初创作到后期的作品也有很大变化。这些变化不仅是马拉默德写作风格日趋成熟的标志，也在很大程度上反映了二十世纪美国短篇小说发展的一种趋势。马拉默德的语言运用同时为现代美国英语的发展做出了贡献。

短经典精选系列

走在蓝色的田野上
〔爱尔兰〕克莱尔·吉根 著 马爱农 译

爱,始于冬季
〔英〕西蒙·范·布伊 著 刘文韵 译

爱情半夜餐
〔法〕米歇尔·图尼埃 著 姚梦颖 译

隐秘的幸福
〔巴西〕克拉丽丝·李斯佩克朵 著 闵雪飞 译

雨后
〔爱尔兰〕威廉·特雷弗 著 管舒宁 译

闯入者
〔日〕安部公房 著 伏怡琳 译

星期天
〔法〕伊莱娜·内米洛夫斯基 著 黄荭 译

二十一个故事
〔英〕格雷厄姆·格林 著 李晨 张颖 译

我们飞
〔瑞士〕彼得·施塔姆 著 苏晓琴 译

时光匆匆老去
〔意〕安东尼奥·塔布齐 著 沈萼梅 译

不中用的狗
〔德〕海因里希·伯尔 著 刁承俊 译

俄罗斯套娃
〔阿根廷〕比奥伊·卡萨雷斯 著 魏然 译

避暑
〔智利〕何塞·多诺索 著 赵德明 译

四先生
〔葡〕贡萨洛·曼努埃尔·塔瓦雷斯 著 金文彭 译

房间里的阿尔及尔女人
〔阿尔及利亚〕阿西娅·吉巴尔 著 黄旭颖 译

拳头
〔意〕彼得罗·格罗西 著 陈英 译

烧船
〔日〕宫本辉 著 信誉 译

吃鸟的女孩
〔阿根廷〕萨曼塔·施维伯林 著 姚云青 译

幻之光
〔日〕宫本辉 著 林青华 译

家庭纽带
〔巴西〕克拉丽丝·李斯佩克朵 著 闵雪飞 译

绕颈之物
〔尼日利亚〕奇玛曼达·恩戈兹·阿迪契 著 文敏 译

迷宫
〔俄罗斯〕柳德米拉·彼得鲁舍夫斯卡娅 著 路雪莹 译

奇山飘香
〔美〕罗伯特·奥伦·巴特勒 著 胡向华 译

大象
〔波兰〕斯瓦沃米尔·姆罗热克 著 茅银辉 易丽君 译

诗人继续沉默
〔以色列〕亚伯拉罕·耶霍舒亚 著 张洪凌 汪晓涛 译

狂野之夜：关于爱伦·坡、狄金森、马克·吐温、詹姆斯和海明威最后时日的故事（修订本）
〔美〕乔伊斯·卡罗尔·欧茨 著 樊维娜 译

父亲的眼泪
〔美〕约翰·厄普代克 著 陈新宇 译

回忆，扑克牌
〔日〕向田邦子 著 姚东敏 译

摸彩
〔美〕雪莉·杰克逊 著 孙仲旭 译

山区光棍
〔爱尔兰〕威廉·特雷弗 著 马爱农 译

格来利斯的遗产
〔爱尔兰〕威廉·特雷弗 著 杨凌峰 译

终场故事集
〔爱尔兰〕威廉·特雷弗 著 杨凌峰 译

令人反感的幸福
〔阿根廷〕吉列尔莫·马丁内斯 著 施杰 译

炽焰燃烧
〔美〕罗恩·拉什 著 姚人杰 译

美好的事物无法久存
〔美〕罗恩·拉什 著 周嘉宁 译

魔桶
〔美〕伯纳德·马拉默德 著 吕俊 译